ZUI
Zestful Unique Ideal

最世文化
Shanghai ZUI co.,Ltd

天众 龙众

夜叉

自由鸟　著

种种恩爱贪欲，令生死相续，运命业报相随。

尘缘辗转、六道轮回之中，我待与君再相逢。

"——甄兄，别来无恙啊——"

"——嘘！低声，低声，不是议定了切莫喊我真名么？这琉璃坊里耳目众多，倘若被人察觉——"

"——是，是，是贾弟我少不更事。苦熬整整一年零七个月，好不

容易熬到你和我家那几个母夜叉一起去了金山寺拜佛烧香，多谢阿弥陀佛保佑，才让我们逮到这千载难逢的机会来琉璃坊携手共游一番。"

"——正所谓——莺莺燕燕翠翠红红处处姊妹都美貌！"

"——好文采呀！甄兄，我来接下句——月月圆圆花花夜夜刻刻春宵值千金！"

皓月当空，两名眉开眼笑、贼忒兮兮的青年男子一人摇起一柄桃花折扇，给负责迎客的门童打赏了两钱银子，随着各种豪阔客人走进张灯结彩、姹紫嫣红的大宅院去。

这里正是京城烟花柳巷中位居龙头首位的奢华大妓院——琉璃坊。

坊内百花厅摆开二十多张桌子，每张桌达官贵公、富豪商贾人人身边都坐了一两个粉头，或搔首弄姿，或吟诗劝酒，加上厅前十二个清倌人吹拉弹唱、婀娜起舞，饶是如此，客人们大多还是脸有愠色，看起来不耐烦得很，不住地呼喝小厮。

"妈妈，我们这可都抵不住啦！大爷们都是冲着琥珀、翡翠、墨玉、珊瑚她们四个来的……"

鸨母冷冷横了众小厮一眼："四位大小姐人呢？这么巧，今天居然一起闹脾气耍大牌不见客人了么？"

"不是的，凤姐儿——"龟奴领班趴在二楼走道的栏杆边对鸨母小声喊，"她们都在接客人呢！一位大爷点了琥珀、翡翠、墨玉、珊瑚她们四个，在天字一号房里已经待了一个多时辰啦……"

"四个接一个？！我养你们这帮没用的混账王八蛋真真倒足八百辈子的霉，会不会做生意啊？你怎么就让他一个人独占了我琉璃坊四块招牌，坏了规矩，断了营生，看我不割掉你的乌龟尾巴！"鸨母一边说着，一边提起满腔真气，气喘吁吁搬动自己两条廊柱样的腿，架起自己五岳般的庞大身躯，移山倒海似的慢慢攀爬上二楼去，"……让开，我来挂铃发暗号催几个臭丫头须得麻利点儿！"

龟奴领班却阻挡在天字一号房门前，满脸都是视死如归的表情："凤姐儿，恐怕今天这规矩也只能坏一坏了，万万催不得——"

"嘿呀！今天你倒是乌龟胆子包了天了呀！"

"凤姐儿您瞧这个，烦劳您把纤纤玉手摊开——"龟奴领班赶开周围伸长脖子的众小厮，鬼鬼祟祟从怀里掏出一个描花绣金的锦袋儿来，丁零当啷地把一堆物事倾倒在鸨母蒲扇般的巨掌之中。

鸨母只觉得眼前纷乱飞花、金星狂舞，几乎喘不过气来。掌心里赫然是七颗颜色各异的宝石，每一颗均有龙眼粒那么大，作鸽子血色、落霞紫色、石榴橙色、桃李粉色、深海蓝色、黛墨青色、明媚黄色，晶莹剔透，光芒耀眼，行家一看就端知是价值连城的极品货色。

龟奴领班伸手一指天字一号房紧闭的房门，俯在鸨母耳边轻声道："里面那位贵爷说了，这些只是个起价，每多过一个时辰他便多加七颗，不过假如我们催了他，教他心烦没了胃口，还要我们倒赔他哩！"

"……嘿，好大的口气，好狠的手笔，他母亲的，到底是混哪条道上的？！"

"同为天涯沦落人，相逢何必曾相识，又何须问姓甚名谁？"那面若冠玉、丰神俊朗的少年公子嘻嘻一笑，端起青花细瓷高脚酒杯，揽着

翡翠的柔软腰肢道，"姐姐，我们来个'猫儿扑蝶'，我喂你满饮此杯。"

翡翠那满脸红晕倒不是装的，自十四岁上进了琉璃坊，饶是见多了世间种种臭男人，却还不曾遇见这般风流倜傥的人物——高大伟健、肤若凝脂、剑眉星目、鼻若悬胆、唇红齿白，只怕潘安宋玉在世都要甘拜下风。鸨儿爱财，姐儿爱俏。早就磨砺得麻木不仁的一颗小心肝儿，此刻竟扑通扑通直跳起来。同坐一桌的琥珀、墨玉、珊瑚三人也都面含春色，眼里水汪汪，半真半假地调笑："哟，公子你好不偏心，独独只爱翡翠妹子一个人，我们看了可都心酸气急得很。简直，简直都快要气死啦。"

"……翡翠姐姐……"少年公子轻笑着伸手扳过翡翠肩膀，让她倾倒在自己怀里，俯下脸去凑近在她脸颊边轻轻厮磨，右手举过酒杯来，送到她嘴边，凝视翡翠娇滴滴微启朱唇，双颊绯红地一点点轻啜琼浆。

"好香，好香……"少年公子陶醉地呼嗅着翡翠肩颈处的皮肤，喃喃道，"姐姐你好香，这野菊玫瑰胭脂水同姐姐身上天然的体味融合得恰到好处，当真是香得叫我情难自禁……"翡翠纤秀皓腕有气无力地扬起来，伸手轻拂少年公子的面颊。少年公子握住她手腕，亲吻她掌心，"这里也香得紧。"

琥珀、墨玉、珊瑚听得翡翠咯咯轻笑、娇喘连连，都气愤愤地别转头去，却不防那少年公子放开了翡翠，脚步轻盈地绕到墨玉和珊瑚身后，伸出胳膊把她俩搂了个满怀，俯下身子先在墨玉耳鬓一啄，又在珊瑚后颈里深深一吻，啧啧赞叹道："一个是水仙百合味的清淡水粉，一个是牡丹虞美人的浓郁芬芳，平分秋色、各擅胜场，但姐姐们都是一般地香，一般地醉人！"

"公子连一杯酒都没喝过，怎的就醉了呢？"

"就是就是，公子连一筷菜肴都没动过，一滴酒都没沾过，莫非是嫌弃小楼酒食不精？公子可休要小觑了我们琉璃坊的厨子，家里代代长兄祖传都是在御膳房里侍奉皇帝的，他就算是次子也尽得真传，这几道精舍佛跳墙、墨珠黑龙鱼咬羊、锦绣富贵百花千层肉可是外面哪里都尝不到的绝妙好菜。"

"对啦，公子，我们这酒也都是六十年陈老窖女儿红，您不喝那真太可惜了。"琥珀眼波流转，十指玉葱微露，倾注满满两盏酒来，双颊嫣红道，"公子可否赏脸和贱妾喝这一杯——鸳鸯交杯酒如何？"

"好啊——"少年公子挑眉微笑，"姐姐如此推爱，小生怎敢不从？"说着接过酒杯，同琥珀晶莹剔透玉藕般的手臂两相交缠，如同一对交颈缠绵的鸳鸯，一双皓腕微抬轻转，各自缓缓地把杯中清冽芳香的琼浆玉液倾入口中。

见自落座后滴酒未沾、一口菜肴也未动的贵客终于开金口饮酒，翡翠、墨玉、珊瑚都嬉笑着纷纷鼓起掌来："到底还是琥珀姐姐面子大。"

琥珀喝下口中酒，也娇笑道："公子必定海量，贱妾再为哥哥斟一盅……"

话未说完，那少年公子却闪电般迅捷地探身过来，左手托住了琥珀后颈，右手轻触她肩胛锁骨，把她推得斜斜仰卧下去，贴面上来将自己的唇紧贴在她樱唇上。琥珀微感惊诧，待欲推却，却只觉得那公子的双手片唇碰触得她浑身酥软，不知不觉间嘤咛一声娇吟迎合起来。原来那少年公子虽然状作饮酒，其实却根本没有把酒咽下喉去，而是噙在口中，

暗想：这小子也忒俊俏了点儿……一刹那便发现自己手足僵硬，除了眼珠子可以转动以外，浑身上下竟没一处可以动弹，连话语也说不出声来，仿佛是中了邪一般。这一惊非同小可，心下无不骇然。原本吵闹得几乎要掀翻天花板的天字一号房，突然间变得鸦雀无声，连根银针掉落在地板上都清晰可闻。屋子里的气氛诡异得很。

琥珀翡翠墨玉珊瑚低问："……公子，他们这是……"

少年公子叹了口气，动作轻柔地把横陈在他怀里的琥珀扶起坐好，站起身从衣袋里掏出一个小锦袋，倒出十几粒熠熠生辉的五彩宝石放在桌上："各位姐姐，这是小生敬献的一点点薄礼，权作彩金回馈今晚姐姐们一番倾心相伴、让我亲近芳泽的深情厚谊。"说完拱手作揖。

听他言语口气，竟似是要告辞。面对如此难得一遇的翩翩佳公子，众女都春心大动，现在都怪那些不识趣的闹事客人冲进来坏了公子雅兴，那些人本来也都是豪阔熟客，平日里口口声声"大爷、相公、亲亲、爱爱"地叫得不亦乐乎，而此时在众女眼中却成了坏人美事的王八蛋，哪里还去多看一眼。只顾央求："公子留步，不要走，再多留一夜何妨，赶这些人出去便是。"

少年公子恍若未闻，微笑着走出门口，那些闹事客人眼睁睁看着他拂袖离去，竟自无法挣动。心里均惊惧异常，暗道："此人定会妖术！我们都中了他的邪咒了。糟糕，糟糕。可不知他这一去，我们要被定到几时方休？！"个个焦躁万分，却苦于无法求饶呼救，只急出满身满头的汗来，溪水般顺着面颊脖颈淌下。

少年公子微一皱眉，掩住口鼻冷笑一声，纵身从楼梯处飘然步下。

楼下百花厅里，原本抱着花娘调笑的客人和吹拉弹唱的清倌人们、伺候客人的小厮龟奴们也都察觉到了天字一号房里的异样，未敢上来，就驻足在厅里仰头观望。

忽然听闻身后房里有人淡淡地道："放着家里好好的一门亲事不理会，却偷跑到这等地方来私会一堆尘世里的庸脂俗粉，你未免也太堕你名门望族的声誉了。"

少年公子愕然一惊转过身来，只见那十几个被自己用"定形咒"锁住、至少一个时辰无法摇动一根手指的客人里，竟然有两个年轻人越众而出，站在楼梯口居高临下地看着他。那两人都身着锦绣衣衫、头戴华冠手摇纸扇，看起来同一般来寻欢的纨绔子弟并无什么不同。着墨衫的青年男子对着蓝衫的同伴啧啧道："贾弟，人世俗语都说'男大当婚，女大当嫁'。有什么想不明白的，偏要我们兄弟如此折腾来点化……"

少年公子冷哼一声，脸色沉郁下来："原来是你们两个——臻官、迦蓝。就凭你们也想来拿我回去？"

百花厅里不相干的众人都听得分明，恍悟道："原来这少年公子是逃婚出来的，却不知是哪家的官宦子弟？"天字一号房里被定身的客人们更想："啊哟，这小贼也不知是何方的妖人术士，他不肯娶妻，跑到这里来害人。看来这两位年轻人也都有些道行，赶紧抓住了他，好替我们解开法术！"

臻官和迦蓝略拱了拱手道："小姐何出此言？我们是专程前来请小姐的，怎敢提一个'拿'字？但若不能带得小姐回府成亲，必然天怒人怨。宗长族叔们责怪下来，我们也难逃重罪……"

周围人一听都是大奇：这明明是个青年，身形高大、骨骼健壮、嗓音脆朗，虽然面目清秀俊美，但绝非由女子假扮。怎么这两人会口口声

声称他作"小姐"？

听那臻官言辞恳切地续道："王爵大人为小姐定的这门亲事可是绝配，未来夫婿无论相貌才德人品术力都是天上地下绝无仅有，又不是什么恶修罗鬼夜叉！不是夸口，真是打着灯笼都找不到的好郎君！多少姑娘眼热羡慕不可得，小姐你只要见了他一面啊，端保永结同心、白首偕老，再不会起逃婚的念头。还请小姐这就随我们打道回府吧！"

少年公子本已大怒，心道：要你们这两只乌龟来替那个直娘贼吹法螺摆道场！但一转念，强压抑下怒火，淡淡道："你们怎么会找到这里，认出我的？"

迦蓝得意扬扬地微笑道："虽然小姐法术高强，法身变化成了男子，不要说这些肉眼凡胎辨认不出，便是我等本也难认。但今晚是月圆之夜，小姐虽然一再遮掩，但你那天赋异禀、与众不同的一缕神香还是让你暴露了行藏。只是我们万万没有想到，以小姐金枝玉叶之尊、超灵仙圣之体，竟然在如此污秽的地方厮混。唉，当真是叫人痛心疾首啊……"

琉璃坊里的花魁娘子气得双颊绯红、眼中喷火。琥珀珊瑚墨玉翡翠抓起桌上手边的碗筷杯盏就朝臻官和迦蓝狠狠掷过去："你们俩才污秽不堪呢！"

两盏羊脂玉高脚酒杯、三只描金青花瓷碗、四五根包银象牙筷飞天花雨般朝臻官和迦蓝没头没脑地招呼过去，眼看两名被定住身不能动弹的客人也要跟着遭殃。臻官轻哼一声，头也不回地摇了摇纸扇，飞速袭来的酒杯瓷碗象牙筷就突然停顿在半空中，一根筷尖距离某位客人瞳孔不过一粒米的长度。臻官又摇了摇纸扇，悬浮在空中的杯盏碗筷掉落下地来，丁零当啷摔成一地碎片。

琥珀珊瑚墨玉翡翠和众客人一样全都傻了眼。

迦蓝嘻嘻一笑，眼睛仍是瞬也不瞬地盯视着少年公子："小姐，三界众生里六道殊途，你擅入凡尘触犯天条，有悖常纲伦理，只怕难逃天裁。若是好好央求你夫君替你遮盖说情，尚可免于治罪。"

臻官喝道："迦蓝，不要说那么多了。带上小姐走趁早离开这乌烟瘴气之地！"话音未落，一股黑气箭一般从他手中激射而出，在空中飞速盘绕几个圈，毒蛇一般把少年公子从头到脚都紧紧缠住。

少年公子脸色微沉："哼，'捆神索'都叫你们给借来了，怪不得有恃无恐！"

臻官不答话，曲起五指拽住黑气长尾在臂上绕了两绕，"捆神索"陡然收缩，拖动少年公子毫无抵抗、脚步踉跄地朝自己身前移动过来，直到咫尺间，拱手行礼道："小姐得罪！良辰吉时不待，这就随我们回府向宗长族叔赔不是，速速赶去忉利天善见城，叩拜天地风光成亲吧！"

少年公子斜睨着看了看臻官，又看了看迦蓝，突然春风拂面般漾出一丝妩媚微笑："到此刻你们还不明白我的心意么？"她前倾身子，凑近两人耳畔，吐气如兰地道，"便是人世凡俗女子肌肤上一缕体香胭脂味，也远胜那忉利天善见城里因陀罗全族男子沐浴焚香三千年。我最讨厌浑身浊气、臭不可闻的狗屎男，从来都只爱香香的女子。不然我来此烟花地做甚？！识相的就地滚回去，叫那王八羔子臭贼子死了心吧！"

"……什么？！小姐你……"臻官和迦蓝闻听此言大为震惊，心想小姐竟然厌男爱女，此乃惊世逆天的恶行，可不是小小下凡的犯规之

举，实在是乖乖了不得，都是叫苦不迭，心念为之涣散。但凡施咒祭法之时，最忌分神。只差得这一眨眼的刹那，少年公子清啸一声，整个人突然纤瘦了一圈，滑溜溜从"捆神索"里抽身而出，如同一条矫健白龙急速朝上方腾空而起，冲破了房梁砖瓦跃上了屋顶。

一轮圆月高悬夜空，无数星子碎钻般铺散寰宇。

星月之光把京城成千上万鱼鳞般密布的屋瓦都映照得如同镀银。

少年公子脚尖轻飘飘地在琉璃坊龙骨屋脊上略点了点，朝东南方纵身飞越而去，但一跃之下却只飞升得三丈有余，劈头仿佛撞上了一堵无形墙壁，硬生生地从半空中直坠下来，亏她机敏，一个鹞子翻身落脚站在屋脊上，心头一惊：结界？！乌龟走狗原来不仅仅来了两个，居然还在外面埋伏了人手！

定神向四周看去，发现琉璃坊周边一圈十来栋房屋的屋顶上每隔数丈就直挺挺站着一个人，每人身披露出一条胳膊的紫红棉袈，头戴鸡冠状的黄色沙姆帽，年纪面貌、身形高矮胖瘦各不相同，但都持着佛珠双手合十在胸前，目光下垂口中念念有词，竟然是十二名密教番僧。仔细看他们所站位置，是按黄道十二宫方位围成的圆圈，不出意料，结界就是他们搞的鬼。

"善哉，善哉！父母之命、媒妁之言乃长辈荫福恩德。姻缘嫁娶、开枝散叶乃成长必由之路，天上人间皆相通应，仙姑又为何如此执迷不悟？"一个苍老暗哑的声音从身后不远处陡然响起，把少年公子吓了一跳。转头望时，只见一秒钟前还空空如也的屋脊另一端，此时竟然出现了一个衣袂飘飘的人影。看他白眉长垂、形容枯槁，头戴一顶镶金边的古怪黑帽，黑色法衣外斜披着缀满宝物的黄色袈裟，仪态威严，像是那十二名番僧的首领。

少年公子凝神细辨了一下，尚自无法确定这十三个番僧到底是哪十三个不开眼的天神变化，冷哼一声，怒道："嘿嘿，出家人四大皆空，什么时候也管起姻缘嫁娶、开枝散叶的俗务来了！关、你、屁、事、啊？！"

臻官和迦蓝此时从窟窿里跃上了屋顶，站在那老僧身前道："小姐，不要动不动就说什么'屁'不'屁'的，显得很没礼貌，会叫人把我们天界给看低了。这位得道高僧乃当今朝野国师，尊号'达玛法王'。他精于禅修，法力高强，不可不敬。"

少年公子像听到天底下最好笑的事情，仰天大笑良久，冷然道："你们这两只乌龟请不到帮手，竟然找人间一个肉胎凡身的狗屁法王带十二条走狗设埋伏围困我？！我呸——"

臻官和迦蓝皱眉摇头道："唉……小姐讲话越发地难听了。"

"哼，还有比这更难听一百倍的话没有说出来呢！不想挨我骂，你们这两只王八蛋和那十三条秃驴就趁早给我滚开让路！"

臻官和迦蓝脸色难看，但情知打不过她，唯有苦口婆心地最后哀劝："小姐，我们原不该对你无礼，但你怎么也不能走火入魔、误入迷途啊！放着天作之合的一门亲事不理、弃人人称羡的郎君不要，却、却去同凡尘女子……这个……那个……唉……唉……"此事实在太丑，臻官和迦

蓝说不出口。

"呵呵呵呵呵……"他们身后的达玛法王突然发出一声长笑，笑声里竟然隐含钟鼓撞击、风云雷霆之声，震得人元神大颤，"什么迷恋亲近凡尘女子，都不过是障眼法、假托词而已。身为香神乾闼婆族，饮食生息与凡众大不相同。凡人吃五谷杂粮，香神唯以香气为食。绝大多数乾闼婆族人都是以罗天大醮中的烛火烟香、天地云雾气泽、水泥植物芬芳为食。这位香神仙姑却是与众不同，细嗅凡尘女子身上的胭脂体香为餐饮，不然她体力难支，哪还能运用什么变化神通！老僧说得没错吧？香神乾闼婆王爵之女——银瞳！"

银瞳既惊且怒，狠狠直视达玛法王好一会儿，才破口大骂道："恶贼秃！本小姐的闺名也是你这张臭嘴能叫得的吗？！什么体力难支，不能运用变化神通？你爷爷没教给过你凡人就是凡人，臭男人就是臭皮囊，再怎么造化修炼，就算练到七老八十，始终都是一摊污血秽物吗！还敢和我斗？天上一日，地上一年。本小姐小时候眨一眨眼的瞬间都比你这辈子寿命还长。今天我就替你上八百辈子的祖宗教训一下你这个遁入空门却不净心向佛、学人家三姑六婆扯皮牵媒扮鸨母乌龟的不、肖、子、孙！"

银瞳左手早捏了个诀，右手在虚空中画了个圆圈，就有光芒向掌心聚集，凝炼成一柄四尺长剑，锋刃上银光流泻，锐气逼人。银瞳"嘿"的一声，握住长剑闪电般纵身而出，千万寒光缭花人眼，直扑达玛法王面门而去，看这一剑定是要刺穿他的眉心。臻官和迦蓝大吃一惊，只觉得眼前一条白影飞掠而过，哪里来得及呼喊。

周遭站在屋顶上站十二天宫位布下结界的番僧里，有一个最年轻的是达玛法王最小的弟子，虽知道师父法术之精甚至已超天人，不然天人乾闼婆族那两名家将也不会以三世修业为酬来求师父相帮，但眼见得银瞳去势如电、杀气四射，一时间不由大为惊怖，为达玛法王的安危担忧，意念稍动，便想不顾一切地施法援手。由此结界一角松动，露出了破绽。

其实银瞳刺向达玛法王的那一剑实为幻化出来的虚影假招。

刚才她已从种种迹象里判断出这达玛法王绝非泛泛之辈，修业颇为惊人，一定是十世以上轮转灵胎，即便自己贵为天仙，他为凡人血肉之躯，怕也未必是他敌手。因此纵身进攻是假，真元凝神以待，只等结界出现纰漏。银瞳手中烂银般的长剑从达玛法王额头直直刺入，果然把小番僧吓得面无人色，心神动摇荒疏了结界的守卫。银瞳真身纵然拔起从豁开的结界窟窿里飞升直上，一闪即没，快得形同鬼魅。小番僧只看到远处琉璃坊的屋脊尽头，挺着长剑的银瞳和已经被刺穿了的师父的头颅，哭叫出声："——师父——"

银瞳钻出了结界，也不去管渐渐淡薄的虚像，哈哈一笑，正欲扭腰腾云，突然觉得右肩一沉，侧脸就看见一只青筋暴起、形同白骨的枯瘦的手正搭在自己肩膀上。

银瞳大骇，扭头看见那达玛法王在自己身后，方知自己刚才用幻影假装攻击早被他识破，那停留在屋脊上被长剑刺穿头颅的并非真人，也是一具幻象。

老喇嘛森然道："仙姑，苦海无边，回头是岸。休再执念，乖乖束手返回天庭吧！"

达玛法王口中念念有词，抓住她肩膀的手抽吸起她的真元之气，银瞳只觉得浑身酸软，躯壳上变身为男子外形的幻术也飞速失效，下方的

臻官和迦蓝正纵身追过来，眼看就要被他们生擒回天界去。

银瞳咬破舌尖喷了口血在达玛法王沟壑密布的老脸上，趁他呼吸一窒之间，拼死打了老喇嘛当胸一掌，挣开他五指掌控，在空中翻滚着，半是腾挪半是坠落地往人烟稀少的京城东郊而去。

银瞳掉落到地面上后晕过去了片刻。

醒来时，发现自己仰面躺在山坡上一大片齐人高的野草丛里，月光明晃晃地洒在身上——变形幻术完全溃散，恢复成本身模样。伸手一擦，唇角的血迹已然凝固，凝神内窥一下，真元之气大受损伤。身为天仙却被一个凡人打成重伤，实在是始料未及的奇耻大辱。但眼前时刻却容不得她来生气，只怕臻官迦蓝循着自己身上的神香，引着那群贼秃驴一路找来，其他人倒也罢了，老喇嘛实在是个狠角色。

银瞳勉强挣扎起身，一边浑浑噩噩地想着该怎样才能完全隐藏香气，一边摇摇晃晃地拖着沉重脚步朝坡顶走去，没走出十几步，眼前猛然一黑，就着倾斜地势骨碌碌地直滚落下草坡去。

山坡下有条蜿蜒流淌的小溪流，十几个枯发如草、衣衫褴褛的乞丐三五成群聚集在溪流边小憩。银瞳刚好滚落到一名身形最为魁梧庞大、漆黑盘纠的杂乱长发一直拖曳披散到地的乞丐身旁。毕生以香气为食、嗅觉灵敏异常的银瞳闻到那乞丐身上散发出来的强烈恶臭，浑身血脉逆流，一佛出世、二佛升天，瞬间几乎要背过气去。当即以手撑地，哪怕爬也要爬开去，却突然听闻不远处草地间飒飒作响，伴随着纷乱脚步声，迦蓝的话语声传来："……明明看见她往这一带跌落下来……怎么一晃眼就不见了？"

旁边臻官的声音回道："你带的还有一只'识香蝶'呢？赶紧放它出来，在附近搜寻一下。"

银瞳一惊，知道"识香蝶"是夜摩天界深谷中的一种奇物，据说能分辨出三万三千种不同气味，并用翅膀上千变万化的色彩和凌空飞旋的不同舞姿来告诉同类是何种气味。被孵化训练的"识香蝶"极为难得，任凭大千世界中各种气息味道纷繁复杂，只要主人给它嗅过某种特殊气味，它就能像狼狗一样千里寻踪，不受干扰、锲而不舍地飞行，直到寻找到气味来源。

银瞳登时感到一阵凉彻心肺的恐慌。死也不想被他们抓住押回天界，去忉利天善见城同那从未谋面的因陀罗族王子成亲。一旦成了王妃之后，就将失去全部自由。银瞳宁愿死都不想自己未来漫长的生命遭到各种教条礼仪的捆绑和禁锢，成为一个端坐在宝座上的漂亮的、呆若木鸡的布娃娃。

凡人以为天神天仙必然是永生不死、无所不能，居住在虚无缥缈的天际花园、凌霄宝殿，来去可以腾云驾雾，随兴可以呼风唤雨，自由自在不受拘束，想干什么就干什么。不然人间就不会流传"快活似神仙"这样的话语了。而其实，因陀罗族（帝释天）、乾闼婆族（香神）、迦楼罗、紧那罗等天人族都是有寿限的，只是较之凡人短短百年的生命而言极为漫长。所谓"天上一日，人间一年"，天仙的一生，人世间往往

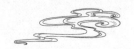

已经沧海桑田数百轮替。天人看似尊贵，但同神佛菩萨等上法界四圣不同，其实还是和凡人一样仍处于天道、修罗道、人道、畜生道、恶鬼道和地狱道此众生六道之中，受轮回循环所制，仍难逃贪、嗔、痴三毒缠身。虽天人具有凡人所没有的神通法力，凡人三叩九拜、焚香礼拜都唯恐不能表达敬仰畏惧之意，遇到险境总是寄望有天人显灵护卫，但他们哪里知道，天界有天界的礼法规矩，只怕比人世凡尘的更加严厉。

"我想按自己的想法去活！绝对不能被他们带回天界去成亲！"

银瞳无比决绝地在心里呐喊，却眼见得迦蓝左手扬起处，一只晶莹剔透的"识香蝶"在空中振翅飞舞起来。银瞳心急如焚，如此一焦躁，只觉得额头中央微微渗出一滴微小汗珠来，顿时心下大骇。天仙从来不沾尘、不排垢，哪里会流汗，这是前所未有之事，只怕体香更浓，休说近在三五十丈距离之内，哪怕远在五百里外，"识香蝶"都能闻香而来。

但古怪的是，那只"识香蝶"只一味在臻官和迦蓝头顶上方盘旋，似乎完全没有头绪。

银瞳一阵暗喜，精神也略微振作，越发觉得身旁那名臭乞丐浑身散发出来的气味难以忍受，瞄准了溪流对面有一片树林，便起身想快速冲进林子里去。还没迈开步，就听见那乞丐小声说："莫动！你跑出三丈远，可就遮掩不住身上的香气啦！"这乞丐身形异常魁梧，满脸长髯，明明是个成年男子，讲话的声音却奶声奶气，竟像个未成年的孩童，这可诡异得紧，定是有些法门。

银瞳大奇，回头看他稳若泰岳般盘膝坐在地上，只有清风拂动他耳鬓两旁几缕未被油腻板结的蓬乱发丝微微飞扬，身躯、肩膀都纹丝不动，甚至连头都没有抬起来，也瞧不见他脸上什么神情。银瞳正在犹豫，又听他小声道："你还站着干吗？以为自己是灯塔么？追你的人可要看见你啦！还不快过来蹲下！"

遥遥听见山坡上臻官和迦蓝在说："……法王来得好快！胸口的伤不碍事吧？小姐明明掉落到附近了，但蝶子竟然寻香不到！"原来那老喇嘛挨了自己一掌没倒下，竟然还是追来了。

达玛法王阴沉沉地道："溪边那些是什么人？我们下去看看。"

情急之下，再无踌躇，银瞳只有硬着头皮矮身挨着乞丐蹲下，只觉得恶臭难当，低下头伸手捂住口鼻屏住呼吸。身侧的乞丐用孩子撒娇般的口气自言自语道："哎呀，虫子是寻不到香啦，可那些追她的人又不是瞎子，跑到跟前儿一看，不就发现行踪啦？这藏头露尾的可怎么行？"

银瞳心想没错，横下心来，低声道："多谢……你有意相救。"她原本想称呼他"大哥""兄台"，但听他声音又实实在在是个幼童，因此只说了个"你"字，"但既然藏不了，我也不能拖累于你，这就告辞，若有缘再见，必将设法答谢！"还没起身，那乞丐却突然扬手挥开了身上破破烂烂的黑斗篷，把银瞳整个人都兜罩了进去。

脚步声纷至沓来，迦蓝的声音在说："法王，似乎都是些要饭的流浪汉。"

臻官走到溪边，问一群正围着篝火烤鱼的乞丐："你们可曾看见一个年轻美貌的女子从这里经过？"

群丐没怎么搭理他，自顾自又擤鼻涕又是咳嗽吐痰，只有一个略年轻些的嘻嘻哈哈地道："大爷施舍些银子给我们打酒喝，便告诉你大妹子的下落。若没有钱时，问也莫问！"

旁边更有个乞丐挤眉弄眼起哄道："年轻貌美的女子叫爷爷们抱回

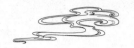

家去啦，在暖暖的炕上躺着呢！"

看他们满是泥尘油污的脸上尽是戏谑猥琐的神情，臻官怒从心中起，恶向胆边生，展开折扇横空一劈，那两个乞丐立时被拦腰斩成两截，鲜红的血激射喷洒，四段尸身砸落在溪边乱石堆上。四周的乞丐全都惊得呆了，过了半晌，才有人发了声凄厉尖叫，边喊"杀人啦！救命啊！"边连滚带爬、哭爹喊娘地四散逃开去。

达玛法王合掌说了句"善哉"，脸上神情却纹丝不动。迦蓝略皱了皱眉，心虽觉不妥，但知道寻不见银瞳只怕俩人都要遭到严厉处罚，也难怪臻官火大。下界凡胎也按慧根业力分三六九等，这些乞丐低贱卑微，杀一个便如碾死一只蚂蚁，早死早超生，也算不得什么大事。

眼见得乞丐全都逃散，只余下一个身形异常魁梧的还坐在溪边一动不动，仿佛是吓得傻了。臻官、迦蓝和达玛法王便举步朝他走去。迦蓝不愿再多生事，抢在臻官前头问道："兀那汉子，可曾看见一个女子从这里经过？想明白了再回答，你老老实实的，性命便可无碍。"

只见那乞丐盘膝而坐，胡乱套着件宽宽大大、污秽不堪的黑色麻布片似的斗篷，身边摆着个脏得乌黑锃亮的大竹篓。他一头乱发和络腮胡须在空中飞扬，肩膊袖口的褴褛布条随风舞动，但身姿却如磐石般坚稳，像压根未曾察觉有人走到跟前似的，连头都不抬一下。

臻官胸中怒火升腾，握紧了手中纸扇，冷哼了一声，正想先卸去他一条臂膀再接着问他问题。

突然听那乞丐用低沉混浊的喉音嘶声道："……施主一粒米，重若须弥山，今世不了道，披毛戴角还。仇敌一声言，毒似封喉剑，此生恨未绝，狭路付命搏……"

话语虽然大含禅机，但口气奸险如同夜枭，实在没有规劝的意思，全是恶毒的讥讽诅咒。

臻官、迦蓝和达玛法王三人都是脸上色变。又看他身边竹篓，大得足可以藏下一人，心中更是怀疑。臻官踏上一步，冷冷凝视着竹篓道："你是何方圣贤，若都是天界的，何不显形相见？我们只是追寻小姐回家和她父母夫婿圆聚，此乃家事，一个不知情的外人休要随便插手。"

乞丐哑哑地冷笑了几声后道："……诸余罪中，杀业最重。诸功德中，放生第一。给肉身生路走是放生，给精神意志自由也是放生。那姑娘不想从命，又干吗非逼她跟你们走呢？"他说这几句话时嗓音全变，竟然如孩童般尖细幼嫩，口气也在骄横中带着三分活泼生气，同之前那个夜枭般低沉阴郁的判若两人。

臻官惊愕气恼之下，也顾不得同他辩驳斗嘴，径直一步上前去掀竹篓盖子，只想把银瞳拉出来带走。

达玛法王和迦蓝情知那乞丐定有诡秘之处，齐齐上前想劝阻臻官谋定后动，竟然来不及，臻官已经用扇柄挑开了竹篓上的盖子，就闻得一股强烈腥臭味扑面而来。

被罩在黑斗篷下的银瞳目不能视物，只听见近旁臻官、迦蓝和达玛法王三人齐声长长惨叫，充满了惊惧恐慌之意，瞬息之后，惨叫声便去

得远了，竟像是被一阵狂风吹卷到十万八千里以外去了般。银瞳掀开斗篷钻出身来，明朗朗的月光之下，小溪汨汨流淌，两名无辜横死的乞丐的四截尸首还横卧在溪边，眼前只有那浑身奇臭的魁梧乞丐一人，臻官、迦蓝和达玛法王三人却已经踪迹全无。

银瞳又惊又喜，躬身向乞丐行礼："不敢问大师尊号，小可诚敬有礼！多谢大师援手，无以为报……大师到底是施展了什么神通？把那些恶人都赶走了？他们消失去了哪里？"

那乞丐沉默良久，似乎并不想搭理她，但见她不肯走，才低声道："——那还不快滚——"

说这五个字的竟然又是一个全新的声音，既不是那个奶声奶气的幼童声，也不是那个阴险沙哑的老者声，而是一个干脆利落、冰冷严峻如同出鞘利剑般的青年男子声音。

银瞳又是生气又深觉诡异，但见他头都不愿抬起来，虽对自己善意相救却不想多啰唆，那么自己再怎么殷切也只是自讨没趣，当即直起身来，傲然道："那么小可告辞，不打扰大师清修。"转身只迈出一步，就听见身后脚下草地窸窸窣窣地响，那个幼童般的声音怯生生地对她说："香香的姐姐，你要走了么？"随后那个老者的声音狠狠训斥道："小白，都怪你多事！现在还敢多口！"接着又有很多个不同的声音纷纷攘攘地说起话来："……但她真的好香……""……而且超美……""笨蛋，躯壳都是皮囊，天人也一样，跟主子修炼那么久你还不开窍么……""……不开窍又怎样？！好过你浑身鱼腥味……""……呃呀，浑蛋你自己不也一样……""……烦死了，吵什么吵，再吵我把你们都咬成两段、四段、十七段……""……笨蛋你数学好差，两段、四段之后应该是八段或十六段，怎么会出来一个十七段？也太没道理……"

银瞳转身低头，只见草地上爬满了十几条大大小小颜色各异的蛇，还有许多正从那乞丐蓬乱枯草般的浓密长发、破烂衣服勉强遮盖的怀里钻出来，争先恐后地游到跟前抬起细长的上半身来看她，一个个伸缩着分叉的红信，口吐人言，唯恐自己讲话声音不够响亮清晰。

银瞳这才明白之前有意救助她的竟然是这些蛇，又惊又喜地蹲下身来，顾不得腥臭味，摸了摸最近前一条浑身雪白的小蛇小小的三角脑袋，笑道："你就是小白？多谢你啦！人家说什么蛇蝎心肠，我看有时蛇心比人心倒善。哼……"她是话含机锋，像是嘲讽那臭臭的怪人对她全不客气。

旁边一条身躯肥大的黑蛇探头过来阴冷道："若不是主子施法术把那三个追你的人吹去未知边远之地，光靠小白这家伙动动嘴皮子又怎能救得了你？"它的话声如同夜枭般，就是之前恶言斥责臻官、迦蓝和达玛法王的蛇，看来有些年纪，是群蛇中的老者。它们的主人惜字如金，不爱说话，偏偏豢养着的蛇却爱极了动口斗嘴，不仅喜欢说话，而且每一条都性格迥异，各有各的想法，"想我主子当初不知道杀灭了多少天界里的尊者神仙，今天却出手救你，已经是你莫大的福报，知恩的，还不快走，休要误了我主子的正事。"

黑蛇若不说这些话，银瞳或许也就走了，此刻却好奇心大起，心想：你这条笨蛇还责怪小白多嘴，你自己还不是泄露更多秘密？这个怪人到底是何方神圣？竟然曾经杀灭了很多天界神仙？为什么从未听说过呢？他今晚坐在荒野之中到底要办什么正事？好想知道。更何况似乎这怪人和这些蛇身上散发的恶臭腥臭味能完全覆盖我的神香，让追踪者无迹可

循……万一族中再派遣人来捉我呢?

想到这里,银瞳站起身来,假意叹了口气道:"承情相救,后会有期。"随后撇下众蛇,飞身过了小溪,快步朝树林走去。那些蛇也不来追赶,看着她离去。小白蛇最为情重,昂着头颅恋恋不舍地看她背影隐没在浓密树影深处。其实银瞳并未走远,进入林子后便纵身上了树梢,从枝叶间隙里观察着怪人。

但银瞳怎么也想不到这一场暗中偷窥竟然会持续整整三天三夜。饶是她耐心十足,权当自己吃撑了没事干,怎料得到那怪人竟然可以一动不动在乱石嶙峋的溪边盘膝打坐那么久。他不吃不喝,像头冬眠的熊,不,像头石化了的巨兽,同大地山坡草木融合得浑然一体,甚至有一只喜鹊尝试在他头顶筑巢。

到了第四天,百无聊赖的银瞳从树上溜下来,跳到溪中央的一块圆石上,托腮看了怪人一会儿,忍不住手痒,从水里捞一粒鹅卵石起来丢中怪人的头,随即快速俯低身子,防他骤然跳起来还手。可他还是一动不动,仿佛完全丧失了知觉。

正欲再丢,就看见两条小蛇从怪人的斗篷里钻出来,游到溪边,一条白、一条青,白的就是那晚出言救助银瞳的小白,喜出望外地喊:"姐姐,姐姐!香香的姐姐!我们就知道姐姐你没有走。"小青扭着纤细的身子撒娇似的叫道："姐姐能不能过来抱我们一抱？"

"干什么？"

小青吐着信子用尾巴指了指："被杀掉的那两个乞丐，日晒水泡，尸首都快烂啦，臭得紧。我们又得陪主人在这里等着，哪里都不能去，简直快要被熏死啦！"

银瞳嗅觉何其灵敏，早就闻到腐烂尸臭，心想怪人身上的气味也未必好到哪里去，你这条小蛇倒不嫌弃。银瞳看了看石化状的怪人，纵身跳过溪来，两条小蛇立刻盘上身来，其他的蛇见状也都骚动起来，纷纷游过来求抱抱，要蹭香。银瞳失声叫起来："啊哟喂，这可不行，你们这么多都爬上来，重也重死我了。"

"……要么，香姐姐帮忙把那两个死人埋了，我们就偷偷告诉你主人在这里等什么人。"一条通体碧绿的小蛇歪着脑袋神秘兮兮地说。银瞳翻了个白眼，心想除非我疯了才会去埋死人。另一条赤红色的小蛇驳斥碧绿小蛇："笨蛋啊你，你凭什么觉得香姐姐就那么感兴趣，哪怕去帮忙埋死人也想要知道主人在这里是为了等一个女人？啊！我竟然泄密了！""你真是比猪还笨！""你才是猪！""不要吵了，我们都是蛇……"

等一个女人？臭要饭的竟然在等一个女人？叫花子乞丐婆吗？

"姐姐，你帮忙把死人埋了，我们一起央求主人教你高超法术，让追你的人找不到你、打不过你。"

"不要叫我姐姐，叫我银瞳。哼，我才不稀罕他来教我什么法术呢。他法术不是很高强么，干吗不让他去毁尸灭迹？"口中虽然这么说着，但银瞳已经举步朝尸首方向走去，"三天前那个老秃贼把我伤得不轻，这几天来又没有吸食到什么香味，我不够真气使不出法术来破土掘坑怎

么办？"

"银瞳你稍等！"小白挺胸叫道，一声唿哨，众蛇都钻入草丛，四散不见。过了一会儿，只见草坡上白色红色黄色野花像长了脚般移动汇聚过来，原来是众蛇去附近摘采了香花来。银瞳俯下身，深深呼吸野花的清新芬芳，可惜这些香气还是远远不够，同凡尘女子身上的幽然体香相去甚远。银瞳算是把这些香气转化的法力发挥到极限，也只变身成了一个身高体健的青年，就以溪边折断下的树枝为铲，挖泥掘坑。

银瞳累得满头大汗，终于挖好两个浅坑，众蛇都来帮忙，钻进四截断尸之下，蠕动着搬尸入穴。

他们这边厢忙碌得热火朝天，怪人却像死了一般一动不动，连一声问候都没有。银瞳心中暗怒，提高音量对众蛇说："哼！那边还有一具，几天几夜没动弹了，臭气熏天的，要不要一起挖个坑埋掉啊？"

众蛇都昂起了小小的三角脑袋，看看银瞳，又看看主人，最后仰头望天，摆出呆若木鸡的样子来装傻。

三天三夜没动弹的怪人突然俯下身，耳贴地面听音，举起右手做出阻止银瞳和众蛇讲话的姿势，低声道："来了！"话语里充满了难抑的喜悦，蓬草一样的乱发下，眉眼间竟然流露出一丝忐忑不安。

众蛇"刺溜"一声，以迅雷不及掩耳之势钻回了怪人的黑色斗篷之下，溪边只剩下莫名其妙的银瞳和浅坑里的四截断尸。

林子深远处传来隐隐的马蹄声，跑在最前头的那匹马仿佛跛了腿，跑得既慢，蹄声里又带着明显的规律性间隔。果然有人来了。而且为首的是个女人。一个很香的女人。相隔百米，银瞳就已从迎面而来的林间风里嗅到她身上飘散出来的淡淡幽香。这种香味比兰花更雅馥、比果木更古朴、比雪莲更高洁、比清晨沾着露珠的草叶更清新……银瞳闭上了眼睛，浑身微颤——从未曾闻到过这样摄魂夺魄、迷人心窍的香气！

一个红衣女子骑着匹白马从林间斑驳错落的树影里蹿出来，奔到溪边时，跛腿老马再也没有气力，被一根横卧在地上的树干绊倒，红衣女子尖叫着从马背上滚落下来，一直翻滚到了溪水里。她从水里爬起身来，浑身红衣都湿透了，紧贴在曼妙的胴体上，胸脯急骤起伏，十分气急。年纪至多不过十六七岁，明眸皓齿，美艳不可方物。这位国色天香的妙龄少女，此刻神色却又是惊恐慌张，又是凌厉绝望。

银瞳还未来得及上前安抚相询，尾随着的十几匹颜色各异的高头劣马从林子里猛然跃出，马背上各坐一名劲装打扮的大汉。看到倒在溪边挣扎不起的白马和在溪水中浑身颤抖的红衣少女，汉子们嘻嘻一笑，勒住马匹跳下鞍来，撸袖叉腰地走上前来："小娘子，就算你逃到了天边，也还是大爷盘子里的菜！还不乖乖上岸来，让大爷替你好好擦干身子，跟我们回山寨去，哥哥们烧香汤给你沐浴……嘿嘿嘿嘿……"

银瞳定睛细看，发现那少女头上戴的是一顶凤冠，满身的红衣也是新嫁娘才穿的绫罗婚服。

红衣新娘没有朝岸上走，反而向后退去，虽然害怕得浑身发抖，却还坚持道："……不！不要！你们这帮坏人，我就算死都不会跟你们走的！"

那些汉子嘻笑着散开成扇状包围圈，朝溪水里的红衣新娘扑去。

　　"慢着！"银瞳厉声高喊，飞身出去阻挡在红衣新娘身前，剑眉一轩，朝那十几名汉子拱了拱手："诸位兄台，这位姑娘似乎并不愿意和你们同行，又何必强人所难？"

　　那些汉子愣了一愣，他们先前都没注意到溪边还有旁人，回过神来后，恶狠狠地皱眉斥骂道："哪里来的泥腿子，滚到一边去，我们家大王迎娶新媳妇过门，关你鸟事？！再挡着爷爷们的路，小心掉脑袋！"

　　红衣新娘见有人挺身而出，顿时像溺水者抓住了救命稻草，躲在银瞳身后，楚楚可怜地紧紧拽住她衣衫，颤抖着声调道："大……大哥哥，我、我不是他们的媳妇！我家在江南秀水庄，爹把我许给太白县宋督台大人的儿子。爹年纪大了，迎亲队来接我北上宋督台家成亲，没想到半路上杀出这帮拦路抢劫的坏人，他们杀散了护队抢了嫁妆，还要逼我……逼我和他们什么大王成亲。这怎么行呢？我爹又没说和他们结亲。我趁乱抢夺了一匹马逃出来，被他们一路紧追至此……求大哥哥救我！"

　　她梨花带雨，谁见谁怜，语声宛如莺啼，身上幽香沁人心脾，银瞳的心早就醉了，莞尔一笑："当然！"

　　"哼！和这泥腿子废什么话？荒郊野岭的，砍死他算了。"几条大汉眯眼狞笑着，纷纷抽出腰刀朝银瞳围拢过来。突然旁边有人喊道："等等，这里有两具被拦腰斩断的死尸，有人挖坑埋了一半。是不是这小子杀的？说不定他有些手段，大家伙儿小心为上。"

　　银瞳朝溪边瞥去一眼，暗自奇怪他们怎么没发现那个身躯壮阔的怪人，扫视之下却没找到怪人身影。这家伙，三天三夜一动不动，据说是要在这里守候一个女人，现在女人出现了，他倒没影了。银瞳心念电转，转头低声问身后的红衣新娘："小姐，有没有人约好在这里等你？所以你才策马奔逃至此？"

红衣新娘瞪大一双麋鹿般的漆黑杏目，不解地摇头。银瞳看她是个深居简出的大家闺秀，想想也不可能认识那种浑身爬满蛇虫的流浪汉。更何况那怪人多半不是凡人，红衣新娘若有这样的鬼怪朋友，也不会被山贼劫掠追捕至此了。

刚才那名发现死尸的面色黑黄、贼眉鼠目的汉子对银瞳扬声道："喂，小子，你是哪个山头的？拜在谁的门下？"他们本来仗着人多势众，压根不把孤身一人的银瞳放在眼里，但总有人尚存精细，心想江湖之上卧虎藏龙，山林之间高手隐没，等问清楚了没有靠山背景，再砍不迟。

同样，如果不是三天前被达玛法王重伤未愈，且眼下真气不足，身为乾闼婆的银瞳哪里会把这些凡人放在眼里。对法术出神入化的天人来说，山贼手中所持刀械简直同挥舞在虎豹面前的牙签一般毫无意义。但此刻银瞳的法力仅够维持壮健青年之用，又决计不想现出自己原身，因此无法催动其他法术神通。好在身后红衣新娘体香袭人，只要多吸食一会儿，定能恢复不少真气体力，当下决定尽力拖延些时间。

银瞳嘿嘿一笑，随口道："哼哼，我当然是有身份有来历的人物，轻易不出山。这几日闲来无聊，随便出来逛逛，撞上两名小山贼，看他们长得不顺眼，随手就砍死在溪边。大家都是同行中人，干的都是刀口舔血的买卖。今天遇见各位兄台，也算是有缘，不如我们把手头的货色拿出来分分，也算礼尚往来。"

一个呆头呆脑的汉子翻白眼道："什么拿出来分分？我们有一个如

花……似玉……的小娘们儿，你只有四截残尸，要来干什么？又不能炒菜吃。和你分，我们岂不是吃亏吃大发去了？！"

银瞳仰天大笑道："可笑啊可笑，你们这帮蠢物，只看见残尸，却不见珍宝！"

"珍宝？哪里有珍宝？"数名汉子一起四下里张望起来。

银瞳心中一喜，她手边有的是极品宝石。要知道世间最好的宝石乃是魔神阿修罗的尸骸所化，对人间来说极为珍贵稀罕，但在乾闼婆城里却不过是寻常装饰物。银瞳从天界偷跑出来时夹带了一大包出来。

贼眉鼠目的汉子皱眉道："等等。你说你轻易不出山，到底是哪座山头哪座庙里的高佛？烧的什么香？"

银瞳只有硬着头皮胡诌："我是……双龙山赤风寨大当家。"

此言一出，那些汉子就全都哄然大笑起来。贼眉鼠眼的黄脸汉龇牙道："臭小子，在这里蒙混撞骗！双龙山离此不过百十里地，山上从来没有什么赤风寨，只有一个白虎堂。你奶奶的，我们家大王才是双龙山白虎堂的瓢把子！兄弟们！砍死他！"

话音未落，那十几条汉子就挥舞腰刀朝银瞳横七竖八地直劈过来。

小溪里银白水花四溅，银瞳一拳打中首当其冲一个人的鼻子，一手顺势扯翻另一人跌入溪水，跳起身腾空连环腿踢趴下后面三个人。刚落地，转身却发现红衣新娘被两名山贼拽住，一人牵一条手臂往岸上拖去，红衣新娘又是尖叫又是踢打，那两条汉子不住举刀恐吓："再叫，再叫就把你鼻子割下来！"

银瞳提气纵身飞跃过围困她的山贼，正欲打倒那两条汉子，抱上新娘抢过一匹马就溜之大吉。突然从肩膀向下延伸到后背心的所在火辣辣地一阵抽痛，原来是被老喇嘛抽吸过真气的部位又在作怪，胸腔内真气受阻，当即直挺挺地从半空中直坠下来，重重摔倒在溪水里。

刚才看见她抽身腾空而起，还吃惊得目瞪口呆的众山贼顿时大喜过望，嘿嘿冷笑着围拢过来。

红衣新娘花容失色，尖叫一声，咬得那两名汉子吃痛松开了手，朝倒在溪中的银瞳跑去。

"哼！臭小子轻功虽然不错，但在爷爷面前你也斗胆班门弄斧？！认栽了不是。"

"小娘子真是水性杨花，看见这小子就不要我们家大王了吗？居然不自己逃走，反而来看护这泥腿小子，有情有义啊。你莫要急，等我们把他大卸八块你再哭不迟！"

银瞳强忍住疼痛和晕眩，睁开眼来，只见红衣新娘正跪倒在自己身边，用力扶起她的上半身不让她的口鼻溺在溪水里，豆大的泪珠已然滚出眼眶，绯红的小脸上满是焦急惊慌和温柔歉意。闻着她身上阵阵清香，银瞳只觉得疼痛纾解，神志也清醒了许多，轻轻握住了她的手，低声道："……不要紧，我没事……"

"哼！你马上就要去见阎罗王了，阳间自然没你什么事儿了！受死吧，臭小子！"

那些山贼七手八脚正打算拉扯开红衣新娘、乱刀斩死银瞳之际，突然脑后狂风大作。他们来不及回头去看，红衣新娘也只顾检查银瞳伤势没有转身，只有仰面半卧在溪水里的银瞳瞧见山贼身后数丈高的空中凭空出现了一个黑色旋涡，虽然只有井口般大小，但黑幽幽的深不见底，像巨兽猛然张开的大口一样猛烈地向内吞噬着空气。连溪水也被它席卷

着带起，变成飞旋着的数股银链，被吸入旋涡深处。

那个巨熊般的怪人凛然现身在众山贼身后，面无表情地伸出左手抓住一名山贼的脖子，右手拽住他的脚踝，只轻轻一扯，就把那山贼拦腰撕裂成两半，随后抛进了旋涡。只因他动作太过神速，也只有银瞳这样的乾闼婆看得清。若凡人看来，只能见到巨熊怪人双手挥舞得如同一团黑雾，他身前的山贼就一个接一个地消失在旋涡里。旋涡在近距离内吸力极强，被扯碎了的山贼连内脏鲜血都还没来得及滴落到溪水里，就都已经消失在旋涡中心了。

这样的蛮力和神通当真叫人吃惊，天人之中如此血腥暴戾的更是十分罕见。想必几天前的晚上，怪人就是祭出了这个黑洞法宝，把臻官、迦蓝和达玛那个死老喇嘛给卷走了吧。

红衣新娘直见银瞳满脸震惊神色，听得身后山贼也没了声息，这才惶惶惑惑地扭头朝身后看去。

此时巨熊般的怪人已经收走旋涡，双手提着衣襟，原本作势要即刻遁形的，他若就此一隐，红衣新娘什么都见不到，只会莫名其妙地发现眨眼间山贼走得一个不剩，眼前只有潺潺流动的清溪和空空山谷而已。

但不知为何，怪人似乎迟疑了一下。这稍一迟疑，红衣新娘就已经转过头来，看见了他。

银瞳依然坐在清凉晶亮的溪水里，不知道红衣新娘脸上是怎样表情，却清清楚楚瞧见怪人的神色。

如果说之前怪人给银瞳的印象就像是千年茅坑里的一块万年大石头——史无前例又臭又硬的话，此刻这块磐石简直就变成了在火中炙烤的玉米粒儿——噼噼啪啪不断膨胀出薄壳里洁白柔软的玉米花来。那番望眼欲穿、如饥似渴、神魂颠倒、痴情万种、悲喜交加、不能自持的复杂情绪在他虬髯遍布的脸孔上纠缠成一团，简直要把他整个人都融化掉了。

银瞳完全看愣了眼，她知道，如果哪个男人用这样的眼神看一个女人的话，那绝对是用满腔热血在表露吐白——他甘愿为这心爱的女人上刀山下火海，哪怕死上一千次一万次，也绝无半点悔意。

果然这个红衣新娘就是怪人苦苦等候的女孩。竟然不是乞丐婆，而是一个香得举世无匹的美貌少女。更稀罕的是，她是别人家即将过门的新媳妇儿。难道……他两曾经是儿时秘密爱恋的小情侣不成？

没想到红衣新娘一见怪人，却受了惊吓似的扑倒在银瞳怀中，一双柔弱无骨的纤纤玉手紧紧拽着银瞳的衣衫，头也不敢抬起来，口中娇呼连连："啊！不要！妖怪出来了……好吓人，好恐怖……走开啊……"

也难怪。虽然山贼们都是膀阔腰粗的大汉，但同眼前的顶天立地的怪人相比，简直就像矮小的侏儒了。

银瞳也是头次看到怪人站直身子，足足有一丈多高，仿佛一头昂立的黑熊，加上芒草般的冲天乱发、褴褛肮脏的黑色斗篷、浑身散发出的恶臭、乱发浓眉之下炭火般炽烈燃烧着的眼睛……只有一分像人，两分像野兽，七分倒像山间恶鬼。

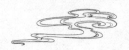

怪人见红衣新娘看到他后立即害怕得尖叫、躲进银瞳怀里，顿时眼神凄凉，痛苦不堪，仿佛整个世界都从他头顶上重重压了下去。他从胸腔深处发出一声低沉的哀鸣，摇摇晃晃站立不稳，几乎要流出泪来。同他之前冷若冰山、硬如铁板的死相相比，实在是有几分可怜。

银瞳猜到其中必有隐情，心中一软，当即伸出手来轻轻拍抚红衣新娘不住颤抖的脊背，温言劝慰道："不要害怕，他不是妖怪，是我的……我的……随从啦！他武艺很高强的，刚才他把那些山贼全都赶走啦。你别害怕了，他虽然样貌凶恶，但为人是再好没有的了。"说着朝怪人眨了眨眼。

"真的么？山贼都已经被他赶走了吗？这样厉害？连脚步声都没听见……"红衣新娘这才惊魂稍定，将信将疑地四下里张望，果然半个山贼都不见，只有溪边的十几匹马。她嘟着嘴扶着银瞳站起身来，躲在银瞳背后偷偷打量怪人："他……真的不是妖怪么？是大哥哥你的随从呀？大哥哥，我从小就胆子小，最怕妖精呀鬼怪呀之类邪魔东西了呢……一有人讲鬼故事我都会吓得手脚冰凉呢……"

怪人深深叹了口气，但望向银瞳的眼神不再是冷冰冰凶狠狠的了，还朝她略点了点头以示谢意。

"我叫银瞳，家在京城，也算是有头有脸的大户，从小学习礼仪道德，不是禽兽山贼，向来对女孩尊重爱护得很，请姑娘放心。"银瞳微笑施礼道，"还未请教姑娘芳名？"

红衣新娘深深地道了一个万福，娇声道："回银瞳哥哥，我叫天乘。多谢银瞳哥哥不顾自己安危，挺身而出救我。"随后目光瞥到怪人身上，心有余悸地噘嘴道，"……嗯……那位随从大哥……"

银瞳也一起望向怪人，不知道他打算怎样，是要自己也替他随便取一个假名还是如何。怪人少言寡语，他那身肥大油腻的黑斗篷之下倒是藏了几十条多口多舌的小怪蛇，不知道会不会争先恐后地报上自己的名字来，几十个声音一起响起，天乘这娇滴滴的小新娘可非吓晕不可。

没想到怪人自己开口道："我叫……鸦。"是前几天晚上那个叱责她"——那还不快滚——"的冷若刀锋的青年男子的声音，此刻的语调却温柔得不得了，还有克制不住的微微颤抖，显得既激动，又落寞。

鸭……鸭子的鸭吗？银瞳差一点就要脱口而出。幸好没有问出来，不然不知天乘将会作何感想。

"嗯？鸭？是鸭子的鸭吗？"天乘怯怯地问，整个人还躲在银瞳背后，只探出一只眼睛来看鸦。

"不。鸦雀无声的鸦。"怪人面对天乘，微微俯下身子，非常非常温和地道。

眼看日头西斜，这里可不是久留之地。三人沿着山涧一路向上游前行，银瞳和天乘骑着两匹马，鸦却徒步而行，他看似不疾不徐，偏偏脚程极快，哪怕银瞳故意放松缰绳让马匹一路小跑，鸦也紧随左右，不曾落下半步。反而是天乘的马匹走得最慢，因为天乘虽然娇小，但到底是凡人，总有些斤两。而身为乾闼婆的银瞳身子轻得像一根鸿毛，她坐在马背上仅仅是伪装成凡人的样子罢了。

夜幕降临时抵达一处清幽小山坳。从山壁上垂挂下来的小瀑布在这里汇聚成一汪清潭，月光映照在水面上闪闪发亮，潭里似乎还有鱼儿游动。银瞳抱了几根干柴生起了篝火，天乘就以一块大石头为屏风，脱下

身上湿答答的衣服拿火烘干。银瞳和鸦坐在潭边，鸦斗篷底下的群蛇都钻了出来，盘绕在银瞳脚边蹭香。

趁天乘不在近旁，听不到他们说话，银瞳直截了当低声发问："你这样的身手，绝对不是凡人。但看你也实在不像天界中人。天人通常是不允许进入人界的……你究竟是什么人？"

起先鸦一直不说话，过了良久良久，良久到银瞳额头上的青筋都一根一根暴出来，正打算跳起身骂人时，鸦冷冷开口道："……我是夜叉。"

"夜叉族？"银瞳微微竖起剑眉来，"半神精灵，迅捷鬼。"她以前从未遇见过夜叉，只知道夜叉族与罗刹族血缘极近，罗刹皆为喜啖人血肉的恶鬼。夜叉则有的为善使，终身守护正法，而有的则同罗刹一样以人血肉为食，更喜欢吸取人的精气。眼前的夜叉鸦不知是善是恶。

"就知道你不是流浪的乞丐。你在山林间一直等天乘出现，守候了多长时间？你怎么知道她会被山贼追逐一路至此？噢，既然是半神，大抵都有些道行法术。你算不准她会在哪里被山贼劫持，只能算到她会在山涧中摔下马来，被山贼围困。她不过是个人间女子，你为什么一定要等到她出现？她对你来说，有什么特殊意义？你是想吸取她的精气吗？但我今天看到你盯着她的眼神了，那绝对不像是夜叉恶鬼面对猎物时的神情，而是一个男人面对自己最最心爱的女——"

突然身边传来清脆的"咔嚓"声，鸦突然把一块巴掌大小的鹅卵石掰裂成两半，把银瞳的问话打断。

银瞳吓了一大跳，朝鸦翻了个白眼，"你干什么啊！我刚才说什么都不记得了。刚才说到哪里？啊对了，我今天看到你盯着她的眼神了，那绝对不像是夜叉恶鬼面对猎物时的神情，而是一个男人面对自己最最心爱的——"

"咔嚓！""咔嚓！""咔嚓！"鸦接连不断地掰开鹅卵石，他的指力实在是非同小可,原本光滑的鹅卵石变成了掌心里一堆形状各异的、有着锋利棱角的石片。

"——你！你！你！你是不想回答我的问题是吗？既然这么讨厌我，我走好了。让你和你心爱的女人单独相处。哼哼，只怕我不在，她看到你转身就逃，连半盏茶的时间都待不下去。以你这样的尊容，不要说女孩了，就连豺狼虎豹、鸡鸭猫狗看了都要逃走！"银瞳捏着鼻子鄙夷地道，"苍蝇蚊子老鼠蟑螂都会被你熏死！我奉劝你啊，好好收敛一下你杀人不眨眼的夜叉魔性，好好管住你的这几十条小伙伴，千万不要漏出什么蛛丝马迹来！"

"但你还在这儿，而且还维持着男子的外貌。"鸦冷冷道，"你害怕老喇嘛找到你，所以试图跟着我掩盖你身上的香味不是吗。你是香神乾闼婆族吧。乾闼婆族大多以烟火水雾花香味为食，你似乎是个异数。刚才走过来的一路上,你都在偷偷嗅吸天乘身上的气味替自己疗伤——"

"啊——呀——"银瞳伸了个懒腰打断鸦的推测，故意很夸张地瞪大眼睛看着他掌心里的石片，及时转移话题，"干吗要把鹅卵石掰成这样？你是吃饱饭了吗？"

"你不用吃饭，我也只吃新鲜血肉，可她得吃熟食。逃了一天，她一定饿了。"夜叉鸦轻轻说完，把掌心里的石片随手撒入潭中，那些石片像长了眼睛的箭矢一样钻入水下，在黑暗中寻找游鱼，射入它们的肚腹。片刻之后，就有十几尾青鳞鱼翻着白肚皮浮上水面来。

"哼，死妖怪烂妖怪炫技！"银瞳在肚子里暗暗骂道，"居然还看

穿了我的用心。王八蛋，真讨厌！"

"啊，好香，好香！"

串在树枝上的鱼架在篝火上不停转动，烤熟后散发出扑鼻的香味。天乘像个孩子一样娇笑着拍手鼓掌。

沉默不语的鸦嘴角浮上一丝微笑，把串着烤鱼的树枝递给她。几天几夜来极度惊恐和紧张的逃亡终于结束，加上刚在清潭里洗过澡，身上穿着烘干了的衣服，天乘此刻终于有了些久违的安全舒适感。她黑亮亮瀑布一样的长发披散在肩膀，小脸被篝火照耀着，红扑扑的可爱极了。

"哇，我这辈子都没有吃过这么好吃的东西呢！"天乘用两根小树枝作筷子，夹下一小块鱼肉送进口中，细嚼慢咽着，"即便没有盐来佐味，这样烤出来的鱼肉也格外鲜美呢。银瞳大哥哥，你真的不爱吃鱼吗？真的一点都不尝尝吗？"说着夹起一大块喷香的鱼肉，轻轻递送到银瞳嘴边。

银瞳摇头笑道："看到你吃得这么地——香，我——们就都饱啦。"他不理会斜对面的鸦从乱发浓眉投来的冷冷一瞥，笑吟吟地对天乘道，"天乘妹妹，月色明亮，山野如画，我且来为你吟诗一首助兴如何？"

"好啊，好啊。"既有烤鱼吃，又能听人吟诗作对，简直和传说中的游园会一样好玩了。

银瞳长身而立，面对满目清辉的圆月和布满星子的夜空，缓缓朗声道："——空山新雨后，天气晚来秋。明月松间照，清泉石上流。竹喧归浣女，莲动下渔舟。随意春芳歇，王孙可自留——"

用幻术变身成青年男子的银瞳不仅身材高大、外貌俊美，令人一见就顿生好感，他的声音也宛如清泉般悦耳动听。这一首前朝"诗佛"王维所作的《山居秋暝》被她吟诵得字字珠玑，时而飞扬，转而婉约，特别是最后一句"王孙当自留"，余音袅袅，引人入胜，当真是说不出的好口才，弹拨得人心弦随之而舞。

天乘瞪大了一双杏核眼，痴痴地看着银瞳挺拔的身影，连举在嘴边的鱼肉都忘记吃了。

"你可知道这首诗是什么意思啊？天乘小妹妹？"银瞳笑眯眯的，转过身来望着天乘。

天乘回过神来一笑，摇头道："不知道耶，就是觉得好美，好动听。银瞳哥哥不要卖关子，告诉我吧。"

"嗯，好——这首诗描摹的就是山岭间秀美的景象。刚刚下完一场细雨，满目的青山翠谷越发显得静谧幽深。暮色四合，大风清凉，令人感到秋意渐浓。抬头望青松如盖，皎洁月光透过松树针叶的缝隙细细地洒落下来。低头见泉水清冽，淙淙流淌在山石之上，仿佛一条细细的银链。耳闻得竹林里竹叶飒飒作响，有女子的笑语声传来，是姑娘洗罢了衣裳结伴归来。田田荷叶被轻轻地分开两边，原来是渔船正趁夜色在撒网捕鱼，穿行在荷塘湖面。这样的美景美人当前，就算春日的芬芳早已逝去也没什么可遗憾的。姑娘啊，公子王孙都贪恋这般美景，难道，你就不想留下来？"

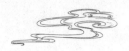

一首诗释义完，银瞳轻盈一个转身已经落座在天乘身边，含情脉脉地握着她的手，含笑凝视着她的眼睛，"天乘妹妹，你可愿意和我一起在这山野里过神仙一般无忧无虑、悠闲清雅的日子？"

"你！"鸦额头上青筋暴起，陡然站起身来。他知道银瞳肚子里在打什么小九九，为了躲避天界族人和人界喇嘛的合力追踪，她想隐于山林间。但假如吸食不到女子的体香，真气就不足以维持神通法力，只要天乘留在她身边，就相当于一个巨大的真气宝库随时为她提供无穷尽的力量。虽然这样做不会伤损天乘分毫，但鸦还是觉得十分不爽，怒目道："你——"

"哎哟！我的随从鸦呀——"银瞳迅捷伸出手指定鸦，"我知道你一贯忠心耿耿，当然会伴随我们一起徜徉在这山野间逍遥自在，天天替天乘妹妹捕鱼捉鸟不是吗？记得你是我的随从哟，拿出点随从的诚意来噢。这样等过年时我就替你扯块花布做件新衣裳，把你打扮得漂漂亮亮的……"

天乘从银瞳掌中轻轻抽出自己的手来，低头思索些什么，完全没有去听银瞳胡扯。

银瞳跳到鸦的身边，压低声音威胁道："你可别乱来哦，你敢揭穿我，我就先揭发你。我只要一掀开你这件又脏又臭的大袍子，让你的那些小兄弟全部露出来，哼哼，我看你怎么办！"

鸦斗篷里的众蛇偷偷从鸦的衣领袖口里探出脑袋来，七嘴八舌嗞声埋怨道："香香的姐姐……呃不，香香的哥哥，你怎么可以这样呢？""对啊，主人很可怜的啊！""香哥哥你不要横加阻拦啊。你要懂得主人的心意就一定不会这样说啦。""就是就是，等了几千年，好不容易等来最后的——"

"——嘘！"鸦一皱眉，严厉禁止众小蛇说话。众蛇吐了吐舌头，刺溜一下又钻回到斗篷底下去了。

"银瞳哥哥，这世外桃源幽静怡人，哥哥你也对我呵护备至。我思来想去……"篝火对面的天乘抬起头来，黄鹂鸣啼般娇滴滴地开口了。她明眸善睐，两颊绯红，既艳若桃李，又羞怯可爱。

银瞳和鸦立时停下暗暗进行的威胁和反威胁，一起微笑着望着天乘，"嗯，思来想去决定怎样？"

天乘把旁边石头上安放着的凤冠捧起来放在自己膝盖上，勾着头红着脸，咬着嘴唇，用蚊子样细小的声音道："……我想爹既然替我定下了亲事，总不能负约于人。我还是得去太白县宋督台家……成亲……"

·　·　✦　·　·

"到底哪里出问题了？啊！你倒是说说看。"银瞳苦大仇深地大声嚷嚷道，"瞧瞧我这副卖相，难道还不够帅吗？我个头还不够高吗？身板还不够伟岸吗？我的声音还不够悠扬悦耳、不够富有磁性么？"

"不不不，真的超帅的。个子又高，肩膀又宽阔，胸膛臂膀也都显得特别有力。简直像个武林中人！"

"可不就是嘛——"银瞳用力点点头，继而又皱眉道，"难道是我那首诗吟得不好？你倒是说说看，是我吟得有问题，还是诗词本身写得

太烂？我也算努力钻研人界事务，看来王右丞还是深度不够，精致是够精致了，但总还是及不上青莲居士李太白的诗来得磅礴大气……"

"没有没有，那首诗真的超赞，我们听得都恨不能自留空山幽谷、望明月饮清泉啦。且以公子这样武林中人的神威模样，却又文采斐然、风流倜傥，特别是神香覆体，简直是雄冠天下，前无古人后无来者啊！"

"哼，有什么用啊。"银瞳敲着自己的额角困惑思索，"你们说说看，小姑娘为什么不答应和我一起留在山野，而偏偏要奔波千里，北上太白县同什么宋什么督什么台什么的儿子成亲呢？那小子难道比我用上乘幻术变出来的翩翩公子还帅？！看我不北上去抽死他。"

爱死了说人话的小白蛇和小青蛇此刻也哑口无言，实在不知道要怎么宽慰才能让银瞳开心起来。

小白迟疑地开口道："天乘姑娘好像说过，这门亲事是她爹给答应下来的，她一直住在江南，这次是第一次出远门，从来都没见过那宋督台的儿子。香哥哥，我觉得吧，天乘姑娘是个重誓约、讲信义的人。"

"她要重誓约、讲信义，就不该认不出主人啊！"小青嘟嘴辩驳，随后垂头叹气道，"欸……不要说香哥哥气愤了，我们也都替主人不值呢。苦苦坚持守候却换来这么个状况。天乘姑娘至少对香哥哥还是青睐有加的，一双眼睛始终都拴在他身上，可对我们主人总是远远躲开，连正正经经的话都没讲过一句……"

"她是不记得了吧。这一点，主人也早该有觉悟了。以前主人从来都不现身的，不知为什么这一次竟然同她直面相对了。早该知道现在的她是不记得他是谁的呀……"

"就算不记得，但看人的眼光总该是和原先相近的吧，怎么会看到主人就像见了鬼一样惨叫成那样。"

小白和小青两条蛇你一言我一语地热烈讨论辩驳着，过了好一会儿才记起银瞳就在跟前。扭过头，就看见银瞳正趴在围栏边双目炯炯有神地盯着它俩，笑眯眯地鼓励道："嗯嗯，继续，继续！你们主人到底是谁？他只说他是夜叉，名叫鸦，身份是不是伪造的呀？天乘姑娘到底是他什么人啊？"

"额……"小青和小白面面相觑，扭扭捏捏道："不行呀，香哥哥，主人不让说的呢。"

银瞳皱眉摇头，"啧啧啧啧，我真的非常、非常、非常地鄙视你们。拿不出勇气，不敢披露真相——"

"银瞳哥哥，你在马棚里干吗呢？在和谁说话呀？"身后天乘娇滴滴的话音传来。

银瞳动作神速，把盘绕在围栏上的小青小白拢入袖口，腾地旋转身来摆出一个很帅的姿势，镇定自若地回答道："——我在——喂马！"

身后两匹瘪着肚子的马很鄙夷地瞪视着银瞳的后脑勺，因为马槽里空空如也，只有几片枯叶。

一身红衣的天乘蹦蹦跳跳雀跃过来，伸手拍拍马匹长长的脸颊，朝银瞳微笑道："哥哥你好辛苦哦，这些事情为什么要你自己动手呢？难道不都是随从负责喂马的吗？"

"呃……"银瞳摆出十分大度的样子，随口胡诌道，"我派他去干一件要紧事务了。我们不是要一路北上前往太白县嘛，沿途到底有多少市镇都府？山路是否曲折呀？到底走水路还是陆路更轻松便捷呢？凡事种种，我派他去镇上打探个明白回来禀报公子我。"

"噢，这样啊。银瞳哥哥，那我打小报告给你噢。你的随从好像在偷懒。他根本没有去镇上打听消息呢。我刚从客舍里出来穿过走廊时，瞥见他躺在客房的地板上睡觉。"天乘嘟着嘴，摇头叹息，"不像话呢。"

"啊？！竟有此事？！"银瞳装出一副怒极的样子来，"他骨头痒了是不是？！我会收拾他的。"

天乘顿时十分担心地拽了拽银瞳的袖子："啊，不要责罚他啦。银瞳哥哥，其实，我觉得鸦也挺可怜的。是不是你工钱给得太少了，所以他才偷懒不干活啊？你看他身上穿的衣裳，连讨饭的都嫌弃呢。"

银瞳摆出一脸惭愧样，表示以后会给随从涨工钱，心里则暗暗大骂鸦：奶奶的，臭混账王八蛋鬼夜叉，都是你做的好事，穿成这样还出来招摇过市，有你这个烂屁股跟着，我是一辈子都擦不干净的了！

问题是，这个王八蛋鬼夜叉似乎决心一路护送天乘北上太白县，假如天乘当真是他的心上人，他又怎么能眼睁睁看着她穿着嫁衣去做别人家的新娘呢？六道殊途，半神的夜叉爱上凡间女子，注定是一个悲剧。

天乘完全是一个没心没肺、什么都不懂的小女孩，如果她有一点点关于男女情爱的意识的话，就该看出鸦每次看她的眼神是多么地炽热又凄苦，深藏着太多的情意和故事。

鸦拼命掩饰自己的情感，故意不同天乘的目光接触，只是默默望着她秀丽明艳的侧脸和袅袅婷婷的背影，独自承受着孤独……那些痴情的目光全都落入了银瞳眼中。这让银瞳感到既好笑又困惑。鸦为什么不直接告诉天乘他喜欢她呢？不管最后的结局如何，总要赌一把。如果被拒绝，就祝她幸福，护送她走进别人的宅邸，然后微微一笑转身离开，继续过自己游荡在山野天地间的放浪形骸的生活。如果天乘被感动，愿意和他在一起，那么至少可以阻止她为了父亲的愚蠢约定而陪葬掉自己的一生。

现在银瞳花越来越多的时间来替鸦和天乘操心，偶尔想起等护送天乘安全抵达太白县之后自己何去何从的问题来，也懒懒地把这个讨厌的念头推开。臻官、迦蓝和达玛法王并没有死，只是被旋涡送到了一个不知所终的远方，说不定什么时候就会找回来。哎，夜叉鸦何必对他们那么仁慈，像对付山贼一样把他们撕碎再丢进旋涡嘛。退一万步来说，就算他们死了心，乾闼婆族里的八婆长辈们可决计不会善罢甘休，还是会不断派出追捕者来搜索她的下落。善见城里的因陀罗女子莫非都死光了吗？为什么偏要抓她去和帝释天之子成婚？！

同样都是被父母之命指定下的新娘，为什么天乘就那么心甘情愿，不惜千里迢迢奔波去嫁一个素未谋面的陌生男子呢？她就没有一点想逃离的心么？谁知道那究竟是一个怎样的人啊！

银瞳说天乘总不能一路都穿着新娘的红嫁衣，就带着她去小镇集市上扯布料做新衣服。两人穿街走巷，流连铺户，端的是一双美玉般的绝妙璧人，无论走到哪里都引来无数路人艳羡的目光。不过银瞳自己怀揣满肚子心事，天乘又天真烂漫，因而对旁人的眼光和私语都浑然未觉。

　　还是搞不懂天乘为什么拒绝自己去选择别人，银瞳半是埋怨、半是嫉妒地发问道："天乘妹妹，天下好男人千千万，眼前身边就有，何必舍近求远？你到底是有多喜欢那个太白县督台家的宋公子啊？"

　　天乘用麋鹿一样清澈的眼睛飞快瞥了瞥银瞳，微笑着低下头去，小声道："……很喜欢很喜欢啦……"

　　"……"银瞳决定今天晚上回去就做一个宋公子的稻草人，拿钉子钉起来。但脸上却笑得格外慈爱地问天乘"哦，那他具体叫什么名字？生辰八字是多少？银瞳哥哥我来替你算一算卦，看他同你合不合契。"做稻草人呢，名字和生辰八字是一定要问清楚的，不然钉错了人可不太好。

　　"……嗯，他叫宋皓然，字颖伦，取意'颖悟绝伦'。比我年长七岁，七月初七寅时生人。"天乘抬头望着布满了鱼鳞片般朵朵白云的天空，悠然向往地道，"虽然我从来没有见过他，但我一直都在喜欢他。"

　　"噢，宋皓然，颖悟绝伦……听起来真是位人中俊杰啊！"银瞳瞬间决定在针上再多涂点蛇毒。

　　"银瞳哥哥，我家在江南水乡一个小村庄，村庄里大都是同姓族人。我娘死得早，还有三个年幼的弟弟要吃饭穿衣，家里全靠爹一个人苦苦支撑着，日子过得挺不容易。打从记事起，爹爹下地里去干活或是去集市上摆摊儿卖瓜果蔬菜，我就在家里捡柴生火做饭、照顾弟弟们……"天乘说着说着停下了脚步，语音细若蚊蝇，在银瞳鼓励下才继续道，"……还记得有年冬天，两个弟弟接连受寒发烧，爹跑好几十里山路去找大夫抓药了，我看顾着弟弟们两天两夜没合眼，肚子又饿，去灶台上提水壶时就地晕倒，滚烫的沸水把我腿脚都给烫糊了……只要是醒着，就总是在担心。担心米缸见底、没有油盐，担心冬天寒冷、爹爹和弟弟们衣服单薄，担心收成不好、爹愁白了头……醒着的时候，无时无刻不在担心。只有睡着了，做梦的时候才不记得担心。三年前，同村的秀瓶姐姐嫁人了，娶她的是城里出名的好人家。迎亲的队伍蜿蜒穿行过整个小村庄，锣鼓喧天，彩旗飞扬。秀瓶姐姐坐在轿子里，趁人不注意的时候掀起盖头来同我告别，我从没见过哪个女孩那么美，她笑得甜美极了，简直像一个即将飞升入云端的仙女一样……那天晚上，我就做了一个梦。梦里面我穿着火一样红艳艳的霓裳，头上戴着满是珠翠的凤冠，在很多人的注视下坐进轿子，成为一个幸福的新娘……银瞳哥哥，那是我的梦想，你知道吗？我努力长大，盼望着这一天到来。终于有一天，我爹说把我许配给了好人家。"

"哼。到底怎么个好法呢？远在天边的家伙，怎么知道他是好人还是坏人？"

天乘掰着手指头，认真道："他家是托了村长族叔来我家说的媒，下了很多很多的聘礼，给了我爹两头牛、六口猪、十只羊、三十只鸡、十捆布料、四十担谷米粮食……还有很多银子，有了这么多银子，弟弟们就可以上私塾了，爹也不用那么辛苦。村长说啦，宋督台家知道我是个好姑娘，真心诚意地想迎娶我过门。不然的话，以宋督台家在太白县的地位，总要娶个门当户对的千金小姐。但宋皓然哥哥年少时曾随父亲来过我们秀水村，在庙会上见过我，据说……据说他那时就喜欢上我了，一直在等我长大，要娶我为妻，白头偕老……"说到这里，天乘捂住了自己通红的面颊，羞涩又甜蜜地微笑起来，"所以，所以我不能辜负他。就算坏人杀散了护卫队，就算孤身一人，我也要想办法去太白县。见到

他，同他成亲。"

当天乘说到"两头牛、六口猪、十只羊、三十只鸡、十捆布料、四十担谷米粮食……还有很多银子"的时候，银瞳就在那里嗤之以鼻，差点要打断她讲话，大喊道："你笨蛋啊，村长和你爹把你卖给宋家了你懂不懂？！"等天乘全部说完，银瞳就说不出话来了。年少时的惊鸿一瞥，从此缘定今生，念念不忘好几载，终于等待她成长到及笄之年，托人上门下聘定亲，从此携手度一生……还真是个叫人心属的好男子。

"嗯……这样一个爱你疼你、要娶你为妻的好男子，为什么没有亲自来江南迎亲呢？难道他是个瘸子不成？"银瞳终于想到一条可以诋毁这个男子的理由了，很开心地恶毒笑道。

天乘摇摇头，不无骄傲地挺胸道："他本来要来的啦，但正在紧张备考乡试，以后还要去考状元的，可不能耽误了。村长说啦，宋哥哥说过，人生四大乐事，就是，就是那个什么久旱、久旱……洞什么花烛夜、金榜什么的……我，我没念过书，不记得怎么说的啦。"

"是久旱逢甘露，他乡遇故知。洞房花烛夜，金榜题名时啦。"银瞳气鼓鼓地替她补充完。

"嗯嗯，对的，银瞳哥哥学问好厉害啊！也可以去考状元啦。"天乘满心崇拜地鼓掌道，十分真诚。

这点诗文算个屁啊，我是吃饱了撑得才会去考人间的状元。银瞳撇嘴想。但被天乘夸赞还是挺开心的。人界总宣称"女子无才便是德"，原来是因为读书少的女子很容易就会崇拜男人，这样哪怕笨得跟猪一样的男人也会觉得自己非常伟岸，这样做男人的感觉就很好啦。可惜自己原身为女人时，也比男人更飞扬跋扈，从来不会去拍男人的马屁。倘若真的同因陀罗族帝释天之子成了婚，多半他也会被自己活活气死。

"他说会等我。"天乘低下头，用手指绞弄着衣服上的带子，无比羞涩地说。

"啊？"

"……宋皓然哥哥说啦，会一直一直地在太白县的南门等我，高高地站在城门上，远远地眺望着南方，等着我来。"天乘娇羞无限、喜不自胜地轻轻道。

不知道是不是变身男人、吸食女子体香的时间太长了，银瞳发现自己越来越像一个真正的男子了，满心嫉妒几乎都快掩饰不住了。估计此刻满脸都是阴险的神情，盘算着等到了太白县要怎么整整那个"颖悟绝伦"的"宋皓然哥哥"。可一转念，她又幸灾乐祸地露齿微笑起来——哼，夜叉鸦，你这个王八蛋更是彻底没希望了，只能同你那几十个滑溜溜的小伙伴们永结同心了。哈哈哈哈！

"罢了罢了，天色晚了，衣服料子也都买停当了，尺寸也都量好了，就搁在裁缝铺这里做吧。你放心，我已经吩咐他们要加急赶工，明天就能来取，耽误不了你城门上翘首以待的宋哥哥。现在么，银瞳哥哥带你去吃饭。先前我们路过镇中心一处酒楼，满门刷着红漆、挂着金字招牌、恶俗不堪的，同京城自然是不能相比，但看来算是他们这里最好的酒楼了。我们就去那里吃晚饭吧。"银瞳牵起天乘的手往门外走。

银瞳自然只要闻着天乘身上如兰似桂的天然体香就已经真气满满、精神十足了，但天乘不吃饭可不行。而且她自幼丧母，家境贫寒，从来没过过什么好日子，未来嫁入夫家之后究竟能不能幸福可不一定。银瞳眼下只想沿途把最好的生活带给她，让她开心。所谓时光疾如电，日月

既往，不可复追。凡人生命只有短短百年，青春年少更是极为短暂，如果能让天乘把这一路的好日子记得一辈子，银瞳也会觉得十分快慰。

"银瞳哥哥，我们要不要回客栈把鸦一起喊出来去吃饭啊？虽然他偷懒，但也不能叫他饿肚子啊。"天乘良心极好，还惦记着鸦。

"不用了，他自己会在客栈里找东西吃的。"银瞳道。夜叉吃的东西通常都是活物新鲜的血肉，或凡人精气。和他一起吃饭，不被吓死也会恶心死。谁还管他呢。只要他别把两匹马给吃了就好。把客栈伙计吃掉的可能性最大，因为住店时，伙计嫌弃鸦身上的臭味，一路都朝天翻着白眼儿，还狠声狠气讲话。

银瞳拉着天乘来到镇中心，远远就望见两盏大红灯笼悬挂在飞檐下，明晃晃地照着牌匾上"翠玉楼"三个字。不由连连摇头：什么破镇子，连个酒楼的名字都取不好，搞得跟妓院似的。但别处更是穷街僻巷，铺面房子开着零星闲杂小食店，瘸腿的破八仙桌、没有靠背的条凳霸占街面摆着，吃的东西乌七八糟、形迹可疑，完全看不出是个什么玩意儿。银瞳也别无选择，就携着天乘的手朝翠玉楼正门走去。

天乘开心得不行，却怯生生地低呼着："……哇！我还从来没有在酒楼里吃过饭呢。银瞳哥哥，我们真的要进酒楼吃饭吗？很贵吧？还是不要了吧？刚才买料子做衣服就要很多钱吧？太让银瞳哥哥你破费了。

我身上有零碎银子，是出门时爹硬塞给我的，贴身藏着，没被坏人搜去。银瞳哥哥我买包子给你吃吧。"

银瞳笑吟吟地低头看了看天乘，越来越觉得这个小姑娘可爱，不由条件反射，拿出平时穿梭流连烟花地的调调来，柔声道："好妹妹，我恨不能请你吃一辈子的饭呢。可惜你一定要去太白县。欸，可伤心死我啦……来，好歹让我请你吃一路的饭呗！"

没想到前脚还没迈进大门槛，突然旁边就一左一右蹿上来两个黑衣人，没有伸手，只用肩膀拦住了银瞳和天乘，压着低低的帽檐，小声却极具威吓性地道："这里今天不能进！去别的地方！"

天乘呆了一呆，瑟瑟一抖，不敢往前走，还朝后退了一步。

银瞳心中有气，寸步不让，就同那两名黑衣人针尖对麦芒地对峙着，黑衣人的鼻尖都快擦着银瞳的耳鬓了。银瞳哼了一声，皱眉大声道："为什么不能进？公子我不高兴去别的地方。"

黑衣人赶紧用手指压在嘴唇上，似乎是害怕她高声的样子，小声鬼祟地道："今天这里包场了！"

银瞳环顾四周，赫然发现四下里还有不少鬼头鬼脑的人，虽然穿着贩夫走卒的衣服，但明显都是包围酒楼的便衣暗线。不知道这些究竟是什么人物，难道是高官微服私访途经此处在小憩？或是有什么重要帮派头领在此会晤？还是朝廷设下圈套抓捕要犯？反正都是人界芝麻绿豆大的小事，银瞳才不管他们想干吗呢，现在天乘妹妹要吃饭，就算皇帝老子在里面用膳，也只能麻烦他一起挤一挤了。

银瞳扣起右手手指，捏了个小小的诀，朝两名黑衣男子虚空一弹，他们立刻像中风偏瘫一样，一只脚钉在地上移动不得半分，另一只脚却

被抽走了骨头似的麻痹无力。风一吹都像打摆一样摇晃，变成了两扇人形转门。银瞳就耸耸肩，拉起又惊讶又好笑的天乘的手，大大方方径直从转门中间穿行过去。

翠玉楼里倒还算是正常，楼下坐得满满的，大约有十来桌客人在用餐，看服色都是些寻常商贾，有五六人一桌，有两三人一桌，也有独酌独饮的。大堂里几名伙计，有的慢吞吞地端盆上菜，有的面无表情地听客人点单，甚至还有人两手拢在袖子里倚靠廊柱看天花板的。真是蔚为奇观。

银瞳和天乘进来了好一会儿，居然也没人过来招呼。如果放在京城里，酒楼迎客的接待都满脸堆着笑，点头哈腰，老远就嗓门奇大地吆喝起来："这位公子爷和千金大小姐，两位么？楼上有空座！快！快！楼上雅座请啊！"恨不能跑到大街上一个个把客人拉进店按椅子上灌酒塞菜。看来这翠玉楼在此地还真是一家独大，欺负别家都是排档，没人和他竞争，不愁客人不上门，所以服务态度敢这么差。

"有包间么？"银瞳劈手拽住一个小伙计问。

这酒楼伙计同客栈伙计几乎是一个德行，拧巴着脖子，翻着白眼道："包间没有。"

"好，那我就随便找位置坐了。"银瞳也不去生这个闲气，笑了笑，带起天乘朝楼上走。他们前脚刚一踩上楼梯，就听到身后原本嘈杂的人声突然间静了一静，甚至能感觉到那些人的视线正聚焦在他俩脊背上，像沾满衣服的芒刺。银瞳一回头，客人们又立即吃喝说笑起来。大概是看到天乘穿着一身绸缎的红嫁衣，觉得稀奇古怪吧。哼，关他们屁事，真活见鬼了。

银瞳不去管他们，带着天乘径直走上楼去，楼上就安静许多。共有五六张桌子，靠近窗边的三张都有人，银瞳找了张靠楼梯的空桌子坐下来，伸手招了一个吊梢眼的伙计过来点菜，吩咐他把酒楼里最精致最招牌的菜肴尽管端上来。

天乘好奇地四下打量酒楼里的布局和陈设，从脚下的地板一直看到房梁，从伙计们统一的青色短褂白色围兜一直看到桌上的青瓷酱醋小瓶。一切对她来说都很新鲜，一杯茉莉花茶都捧在手心里闻了好一会儿香。

银瞳朝窗口那三桌的客人略瞥了眼，他们非常安静，同桌之间也没怎么讲话，桌上虽然摆了不少凉菜，但没人动筷子，而且桌边都空着位子，仿佛是在等什么人。看他们的打扮，同楼下的商贾相比实在显得寒酸，都是些寻常布衣长袍，若不是桌面上大剌剌地摆放着几锭大银子，都要叫人担心他们付不起酒钱。

银瞳同天乘说笑。天乘不解地问为什么楼下门口那两名黑衣人不许他们进来吃饭，而后来又僵立着不能动弹了。银瞳耸耸肩说他们神经病，记着永远不听神经病的屁话，这世上很多门口前都有几个神经病挡在那里，如果真的怕了他们，那就不要出来混了。天乘迷惑不解地歪着脑袋说"哦哦"。

茶过两巡，各色菜肴纷纷上桌。有梅子渍瓜、桂花糖藕、青椒笋丝、撒椒牛肉四碟开胃小菜，然后贵妃鸡翅、三皮丝、葫芦鸭、奶汤锅子鱼、酿金钱发菜也都火热出炉。没想到这翠玉楼的厨子居然会不少京城时兴的名菜，而且味道也都不赖，难怪这里的伙计敢那么牛哄哄。

"这么多菜，怎么吃得掉呢？银瞳哥哥，还是让他们端一些下去吧！

浪费可不行啊……"天乘欢喜得不得了，又十分紧张，诚惶诚恐、小心翼翼地给银瞳斟酒夹菜，一定要银瞳先尝她才敢吃。银瞳假装举起筷子去夹菜来吃，却使着障眼法把自己碗里的菜都移去了别处。反正楼下有十来桌的客人，就算吃着吃着桌上突然多了块肉、添了尾鱼也浑然未觉。

听得楼梯响，又有客人走上楼来，一共有六人。脚步声极重，楼板发出"吱呀吱呀"声，仿佛随时都会被他们踩穿。银瞳不由朝他们瞟了一眼。这一伙客人个个都是身高马大的壮汉，头戴斗笠，遮得连面目都看不清。身上穿着粗麻黑袍，腰间或长或短似乎都悬挂着家伙，看起来不是什么善茬。领头的那个在银瞳和天乘桌边停了一刹那，随后迅速擦身而过，朝窗边那三张桌子走去。

天乘好奇地扭过头去看，银瞳也不动声色地注意着他们。六名斗笠客人分散在三张桌子旁落座，同之前坐在那里的布衣长袍微微颔首之后对谈起来。但因为隔开了一段距离，而且他们并不高声寒暄，只隐约听到些"这批货成色很好""还是照之前的价""刀口上舔血的勾当"……

天乘回过脸来，犹疑不定地悄声问："银瞳哥哥，你听到他们讲话了吗？他们是不是贼啊？"

银瞳浅浅地喝了口茶，拍了拍她的脑袋道："管他们呢，同我们不相干。趁热喝鱼汤，冷了可就不好喝啦。等吃完我们就走吧，鸦还在客栈里眼巴巴地等我们呢，一个人怪可怜的。"

"好——"天乘乖巧地应道，隐隐感觉银瞳的言下之意是希望尽早离开，但又不想拂她的兴，于是大口大口地喝汤吃菜。

银瞳还是同天乘说说笑笑，脸面上一点看不出异样，其实心里的不安感正在一点点扩大。假如那些客人是小偷大盗，门口设卡的黑衣人是官府巡捕房里追踪下套的官差，待会儿可能会有一场龙争虎斗的恶战……假如仅仅是这样，人间的这些破事儿她一点都不会在意，随时随地都可以带着天乘安全撤离。

问题是，刚才那六名戴着斗笠的客人擦身而过他俩桌边时，身为香神乾闼婆嗅觉极为灵敏的银瞳竟然没有闻出他们身上有"人味"！这六个斗笠客并不是人！

银瞳等天乘吃完，就招呼吊梢眼伙计过来结账，身上银两刚好用完，就从玫瑰锦绣香囊里取出一小粒红的鸽子血般的红宝石作为餐费。这颗红宝源自远古时代，不知是哪个魔神阿修罗同天神作战飞洒下的一粒血沫，于天界实在寻常，在银瞳偷带出来的宝石中也为下级品，可在人间，至少抵得二三十两雪花纹银。

吊梢眼伙计却看也不看，朝银瞳翻了个白眼，直直地摊出手来："客人，请付钱，足足一两银子！"

在天乘面前被削面子，很令银瞳气恼，但一时又不能发作，只能装出"大人不记小人过"的样子对吊梢眼伙计道："小哥，你莫吵，且拿这粒红宝去给你家掌柜的看看，端得才识货。"哼，小镇就是小镇，换在京城，就是妓院里的寻常龟奴也一眼能辨认出银瞳给的宝石价值连城。

吊梢眼伙计冷哼一声，拈起那粒红宝石转身去找掌柜了。

天乘忧心忡忡地眨着眼，小心翼翼地说："银瞳哥哥……我身上还有些碎银……不过只有半两……"

银瞳微笑安慰她："没事的，没事的。"

要把酒楼里别的客人身上的银两挪移过来自然是小菜一碟，但银瞳讨厌做这样的手脚。

没一会儿，戴着猪嘴头巾的掌柜跟在吊梢眼身后来了，面无表情地把红宝石还给银瞳，礼貌却冷淡地道："客人，本店只收银两，请付钱，足足一两银子。"说完，掌柜伙计两只手一起朝银瞳伸出来。

恼羞成怒的银瞳再也坐不住，嚯地站起身来，扬声道："我这粒红宝虽然不是什么珍品，却也值得二三十两银子，哪怕天天来你家吃饭，也够盘桓十天半个月！"

这里有人吵架，楼上那三桌客人依然坐得稳如磐石，楼下的客人却纷纷奔上来看热闹。

一个穿墨绿锦袍的富商模样的客人满脸堆笑地对银瞳说："公子的宝贝，可否让我瞧一瞧？"说着便跨前一步，就桌面上取过了红宝石，拈在食指和拇指之间，对着亮光处仔细端详。其余客人也都屏息静气地关注着那富商和他手中的宝石，一起仰头死死凝视着。真不知道关他们什么事。

突然间，那富商"嘿嘿嘿"地笑了几声，笑声十分古怪，随即又用力咳嗽了一下，对银瞳眯眼笑道："想必公子和各位贵客身上携带的可不只这么一小粒吧？干脆全部都拿出来，让我们一起开开眼界吧！"

没想到这句话竟然是一句暗号。富商的话音未落，只见那些看热闹的商贾客齐声大喝、蜂拥而上，把银瞳天乘和靠窗三桌的斗笠客长袍客团团围住，抽出各种短小兵刃对准了诸人的要害之处。那些兵刃有的是峨嵋刺、金刚齿轮、短匕首、判官笔，也有人手持奇怪的钢钉、念珠和木牌。

这一变故来得极其骤然突兀，连银瞳也为之一愣，一时间不明白究竟发生了什么事情。天乘更是害怕，紧紧拽住了银瞳的袖子，挨在她身边瑟瑟发抖。翠玉楼掌柜和楼上楼下的伙计也个个目瞪口呆，因为他们的胸膛脖颈处也都被架上了雪亮冰凉的兵刃。靠窗那三桌客人虽然一样处在各种兵刃挟持之下，却依然面不改色，既没有显得吃惊，更没有慌乱。

原来这里整个是个设下的圈套。楼下所有的食客同门外那两名黑衣人都是一路，早就乔装打扮将酒楼内外都严密把守住，闲杂人等一概不准进入，只待时机一到就立即发难。银瞳和天乘不仅进了酒楼，还误打误撞上了楼，此时更拿出不同寻常的红宝来，大概正是这些伪装的食客们久久守候的东西。

"黑天！坚战！怖军！难敌！猛光！你们这帮妖怪盗贼，人间岂是你们自由来去的地方？！我们七扇门岂能容你们胡来？"富商一把扯掉自己身上的锦袍，露出里面的一袭黑衣来，冷笑大喝，"你们不仅抢劫天界的商船，还把本不属于人界的东西贩卖给凡人，包藏祸心，罪不可恕！接到线报说你们要在这里交易，我们七扇门已经布下了天罗地网在此，你们插翅难飞，还不快快束手就擒！"

竟然还有抢劫了天界的商船、把宝物出卖到人界的盗贼？！银瞳心念电转，那么那些斗笠客就是富商口中所说的"妖怪盗贼"了，他们自称是"七扇门"，什么是"七扇门"？对了，人界官府衙门因为都建造

成六扇门的样式，所以衙门也被称为"六扇门"。而"七扇门"当然是指另开一扇门专门处理不属于人界的鬼怪事务的秘密机构了。没想到人界还有这样一群怪人，想必都是经过修炼的术士。

银瞳慢慢举起手指，轻轻推移开一柄正对准在她眉心的锋利短剑，微笑道："我可不是什么抢劫商船的盗贼——"一句话还未说完，只听得脑后有人发出一声怒吼，随即乒乒乓乓之声大作，原来是那些斗笠客和长袍客掀翻了桌子，同七扇门的术士打斗起来。富商振臂高呼，带领身后的众人扑杀过去。双方都拿出了看家本领，各显神通，酒楼内乱作一团。

天乘胆小，将脸埋在银瞳衣襟里不敢睁眼看。银瞳不想让天乘发现她也会神通法术，所以稳住了脚跟，一动不动站在原地。看他们老实不动弹，七扇门里的术士也就放松了警惕，大多赶去支援那边的混战战场了，只留下一个手持锋利短剑威胁银瞳的术士，是个不到二十岁的年轻人，只怕是头一遭随众人出任务，紧张得满头大汗，也没在看银瞳的咽喉，只顾死死瞪着自己手中不停颤抖的短剑尖，眼睛都看成了斗鸡眼。

银瞳朝他微笑道："我不动，我不动。我不是妖怪盗贼，宝石是从我爹那里拿来的，真的。我们只是过来吃个饭，没想到就搞成这样了。这样吧，我们俩过去，同他们站在一起好了，一样都是良民。"银瞳手指指那边背靠墙壁站成一排、个个呆若木鸡、已经完全吓傻了的掌柜和伙计们。

"……好……好好好……好……"小术士紧张到连话都讲不清楚，"你你你们老老老老实实过去……"

银瞳耸耸肩，搂紧了怀中天乘的肩膀带着她慢慢往楼梯口走去。

天乘带着哭腔问："银瞳哥哥，那些窗边的客人都是妖怪吗？有没有现出原形？是不是青面獠牙啊？"

"有啊有啊。"银瞳眼珠一转，低声道，"有的舌头拖到了地上，有的长出七八只脑袋，有的抽出自己的肠子来绕在别人脖子里，有的爪子长得跟钉耙一样、戳到哪里哪里就有十个透明窟窿——"虽然双方战得如火如荼，隔空牵动桌椅丢来砸去，或是用咒语附加在兵刃上强化杀伤力，但哪有银瞳讲的那么惊悚啦。银瞳观察了一会儿，不得不承认七扇门里的人还确实有两下子，竟然和"妖怪盗贼"打得难分高下。

"好吓人啊，我好害怕啊，怎么会有妖怪的啦……"天乘呜呜地哭起来，越发不敢抬起脸来。银瞳就趁着这机会，伸手在小术士脸上画了道睡眠符，斗鸡眼小术士立马软倒在地沉沉睡去。随后银瞳出手如电，又用同样手法偷偷从背后偷袭催眠了两名未加提防的术士，疏通出一条通路来。

"乖啊，天乘妹妹，紧紧闭上了眼睛，千万不要抬头看啊，一个妖怪刚刚张开血盆大口咬掉一个人的半边身子，鲜血喷洒了满地啊，啧啧啧啧，真惨噢。来，我们慢慢下楼。反正饭也吃好了，赶紧回客栈洗洗睡觉去了。"银瞳说着，干脆打横把天乘抱起来，趁着所有人都在混战，想抽冷子溜出酒楼去。

"那个给出红宝石来的臭小子想逃走！"吊梢眼伙计竟然尖声告密道。真不是个东西。

"哼！他们逃不了。"刚用掌心里的咒符放射出红色炸雷击倒一名斗笠客的富商厉声喝道。

银瞳一把拉开翠玉楼的大门，赫然发现门外站着两名黄衣喇嘛，双

手合十在胸前念经。银瞳脸色大变。原来七扇门的人果真布下了天罗地网，他们张开了结界，形成逾越不得的坚固防线。

自从在琉璃坊屋顶上被老喇嘛打伤之后，银瞳就一直对喇嘛心存余悸，现在也不知道这些黄衣喇嘛同达玛法王有什么关系，总之全都不是善类，还是赶紧避开为妙。

银瞳一脚踢去关上了大门，用移物咒插上门闩，抱着天乘走到酒楼大堂中央，仰头看楼上战况。

真正的妖怪盗贼不过只有斗笠客六人，那些长袍客都是凡人，而七扇门里的术士却有三四十人，仗着人多势众组成阵法，才打得不分伯仲。此时银瞳听到整幢翠玉楼外传来"唵嘛呢叭弥吽嘛咪嘛咪哄"的念经声，声音来自四面八方，看来不仅大门和每扇窗口，甚至连屋顶上都站满了喇嘛，确实是布置周详，张开了金钟罩一样的结界，连只麻雀都插翅难飞。

随着念经声越来越洪亮，银瞳只觉得胸口气血翻滚，心中一惊，赶紧定住元神守住灵息。

这些喇嘛功力不差，他们不仅按天乾地坤的方位布阵结界，其咒文更有金刚伏魔的作用。虽然银瞳是为乾闼婆天人，但并非佛教正道，因此也受到其影响。再看楼上那六名斗笠客，身形也都摇摇晃晃起来，想必已深受咒文的克制，神通法力大不如之前，眼见得要被术士们生擒活捉。

银瞳心中万分焦急，等七扇门里的术士搞定了那些盗贼和交易人，一定就会来对付她，万一落到了喇嘛的手里，再牵扯出达玛法王同迦蓝臻官什么的，那可就没完没了了。真没想到吃顿饭竟然吃出这么一摊子的烂事儿来，简直叫人为之气绝。

"银瞳哥哥，现在怎么样了啊？怎么有人在念经？是不是庙里的法师来降妖了啊？妖怪快被抓住了吗？我可以睁开眼了吗？"怀里的天乘小声问。

"没有没有！念经的不是庙里的法师，全是妖怪的帮手，现在妖怪已经迎风一晃变得有三四丈高，一只眼珠子瞪起来比锅还大，眼珠子里全是红血丝。你可千万别睁眼，看一眼保准你天天晚上做噩梦。"

"呜呜呜呜……"天乘哭着继续拿银瞳的衣服包住自己的脑袋。

打也不能打，逃又没处逃，银瞳正急得跟热锅上的蚂蚁一般，忽然听到外面传来一个青年男子低沉的喊声，犹如天际滚过的一串闷雷："天乘！银瞳！你们在酒楼里面么？！"

竟然是鸦，他竟然找到这里来了。银瞳心里一阵狂喜，扯起嗓子回应道："是。我们在里面，官府的人捉强盗，莫名其妙把我们牵扯上，被围困住啦，现在出不来！"但转念又叫苦，鸦身为夜叉族，同罗刹鬼血缘极近，和阿修罗族一样同属于魔神族，金刚伏魔圈伏的就是他这样的家伙。于是又高声喊："鸦，你可不要贸然进来，那些喇嘛张开了金刚伏——"

银瞳的话还未喊完，就听得酒楼天花板上传来"咔啦啦"一阵大响，无数泥石砖瓦掉落下来，屋顶竟然被捅穿了，然后只见一个身高体壮的

庞然黑影从窟窿里纵身跃下。赫然就是夜叉鸦。

七扇门里的术士们本来已经占尽上风，完全掌控了局面，此时也全都吓了一大跳，七嘴八舌地大呼："妖怪盗贼还埋伏了后援军！怎地破了我们的结界？！快！快拿下这个贼魁！"

"你！你！你——"银瞳又惊又喜。

她怀中的天乘忍不住想探出脸来看："银瞳哥哥，怎么啦？"

"银瞳，催眠咒。"鸦沉声对银瞳喊了一句。

银瞳不禁骂自己笨蛋，怎么手忙脚乱地把这给忘记了，只要给天乘施上催眠咒，让她沉沉睡去，就算自己和鸦在她眼皮子底下打翻天她也不知道了。银瞳迅速对天乘施了法术，天乘脑袋一歪就此睡着，揪着银瞳衣襟的手也松垂了下去。

楼上的鸦已经同七扇门里的术士交上了手。银瞳边抱着天乘四处找一个安全舒适的所在好安放她，边对鸦喊叫："你坚持一下啊！我马上好啊！这就上来救你啊！啊呀，到处都是碎砖瓦，你奶奶的，弄脏了妹妹身上的衣裳可不行……"好不容易找到一处廊柱后面是个死角，看起来不会被任何东西砸到，银瞳小心翼翼把把天乘放下斜靠着廊柱，然后卷着袖口，三步并作一步冲上楼去，举着拳头气势汹汹地喊："来了来了，我来了！"

等跑到二楼一看，只见遍地狼藉，桌椅家当没有一件是完整的，全部碎化为齑粉。六名斗笠客和十来个长袍客大都气喘吁吁地或坐或躺在地上，满面油汗血污。枯发如草、一身黑色斗篷的鸦如同一尊神像般矗立在楼面中央。而七扇门里的术士却一个都不见了。仔细听，连喇嘛念经的声音也全都消失了。

银瞳双手叉腰梭巡了一圈，奇道："咦？！人哪？又被你绞碎了丢到洞里去了么？"

鸦哼了一声，用下巴指了指天花板。银瞳仰头一望，发现那三十多名术士竟然都弓背弯腰地挂在房梁上，手脚下垂，随风飘荡，不知是死了还是晕了。银瞳托着自己的下巴，以免它掉落下来砸到脚背上。只不过片刻的工夫，天知道这王八蛋鬼夜叉搞了什么鬼，竟然一眨眼就把这么多术士都了结了。

鸦一言不发，转身走到栏杆边，翻身跃下，一边沉声道："带上天乘快点走，你还要等着吃宵夜吗？"

"噢，噢。这不来了么。是天乘妹妹肚子饿了要吃饭，训斥我干吗？"银瞳嘴里悻悻然的，心里却有些暗喜。知道夜叉鸦这个家伙能打，但不知道他竟然这么能打，不怕喇嘛念经，连金刚伏魔圈都奈他不得，简直是天降好大一个杀胚啊。有了他傍身，就算来一百个达玛法王也让他们集体上吊去吧。

银瞳也跟随着鸦跃下楼去，从廊柱后面轻轻抱起了兀自睡得香甜的天乘，就听见楼上传来喊声："两位暂且留步。敢问大师高姓？深谢今日解救我们兄弟，来日必当厚报。"银瞳扭头望去，原来是那六名斗笠客在出声招呼，并且飞身跃下楼来，五个人站成了一排，当头一个人跨前一步，齐刷刷地朝他们抱拳。

鸦没有回头，看也不看他们，平心静气地道："我只是来找两个朋友，并不是为了要救你们，不必多礼。楼外的结界已经破解，要走就快走。"

"不管大师怎么说，我们都是被大师救下的，这份恩情铭记于心，

长江文艺出版社有限公司北京图书中心·上海最世文化发展有限公司出品

北京长江新世纪文化传媒有限公司总发行

青春文学

书名	作者	定价	书名	作者	定价
悲伤逆流成河（新版）	郭敬明	25.00元	南方旅店	林培源	22.80元
幻城	郭敬明	23.00元	花与灼眼之爱	琉玄	22.80元
夏至未至	郭敬明	26.80元	光与专属少年	琉玄	22.80元
小时代1.0折纸时代	郭敬明	29.80元	你可以爱我	琉玄	26.80元
小时代2.0虚铜时代	郭敬明	29.80元	秘境之匣	陈奕潞	22.80元
小时代3.0刺金时代	郭敬明	32.80元	2037化学笔记	陈奕潞	26.80元
临界·爵迹Ⅰ	郭敬明	19.80元	杀手婚礼之路	冯天	22.80元
临界·爵迹Ⅱ	郭敬明	22.80元	职业规划局	冯源	24.80元
爵迹·燃魂书	郭敬明	18.80元	没有死亡的命案	雷文科	24.80元
最后我们留给世界的	郭敬明	39.80元	我在遥远的身旁	雷文科	24.80元
这些都是你给我的爱	安东尼	24.80元	宅不宅之暴走香港	琉玄	22.80元
这些都是你给我的爱2，云治	安东尼	32.80元	宅不宅之玩转东京	琉玄	22.80元
红·陪安东尼度过漫长岁月Ⅰ	安东尼	28.80元	直到最后一句	卢丽莉	24.80元
橙·陪安东尼度过漫长岁月Ⅱ	安东尼	28.80元	蔷薇求救讯号	卢丽莉	24.80元
西决	笛安	22.80元	封神	罗浩森	22.80元
东霓	笛安	26.80元	被窝是青春的坟墓	七堇年	22.00元
南音（上）	笛安	24.80元	澜本嫁衣	七堇年	19.80元
南音（下）	笛安	24.80元	大地之灯（新版）	七堇年	24.80元
告别天堂	笛安	22.00元	全世爱	苏小懒	18.80元
芙蓉如面柳如眉	笛安	28.80元	全世爱Ⅱ·丝婚四年	苏小懒	22.80元
妩媚航班	笛安	28.80元	鸵鸟座	孙晓迪	22.80元
不朽	落落	22.00元	荒潮		24.80元
须臾	落落	24.80元	恋爱习题与假面舞会	爱礼丝	24.80元
尘埃星球（新版）	落落	22.80元	阴阳	包晓琳	24.80元
年华是无效信	落落	24.80元	浮世德	陈晨	24.80元
千秋	落落	28.80元	燃烧的男孩	李枫	24.80元
万象	落落	39.00元	召唤喀纳斯水怪	李枫	24.80元
剩者为王Ⅰ	落落	25.00元	没有故乡的我，和我们	李茜	26.80元
剩者为王Ⅱ	落落	25.00元	出永安记	李田	22.80元
迷鸟守则	天宫雁	22.80元	蘘葭往事	林汐	22.80元
依存免疫变态	天宫雁	22.80元	东倾记·神启	琉玄	24.80元
鲸鱼星之夏	天宫雁	22.80元	东倾记·啸世	琉玄	24.80元
下一站·济州岛	郭敬明	29.80元	冬至线	天宫雁	22.80元
下一站·神奈川	郭敬明等	26.80元	任凭这空虚沸腾	王小立	22.80元
下一站·台北	郭敬明等	29.80元	又冷又明亮	王小立	24.80元
下一站·吉隆坡	郭敬明等	29.80元	有声默片	吴忠全	24.80元
下一站·伦敦	郭敬明萧凯茵等	26.80元	昔夏杉树镇	肖以默	24.80元
天鹅·光源	恒殊	24.80元	时雨记	肖以默	24.80元
天鹅·闪耀	恒殊	24.80元	楼上的女儿	颜东	22.80元
天鹅·余辉	恒殊	29.80元	午时风	野象小姐	24.80元
小祖宗1.0魔术师	自由鸟	24.80元	白夜森林	野象小姐舞小仙	38.80元
小祖宗2.0命运之轮	自由鸟	24.80元	北城以北	余慧迪	24.80元
小祖宗3.0世界	自由鸟	24.80元	万能胶片	余慧迪	24.80元
往事		24.80元	最后一只猫	张喵喵	24.89元
南法航线	Pano	28.80元	遗迹·凝红	自由鸟	24.80元
160 170 180	陈晨	26.80元			

原创漫画

书名	作者	定价	书名	作者	定价
青春白恼会(1)/(6)	千屉,爱礼丝,阿敏	10.00元	《诡迹》上/下	郭敬明	14.80元
青春白恼会(7)	阿敏	12.80元	健身D日记/VOL.2	席澄	19.80元
小时代1.5青木时代(1)/(4)	郭敬明 猫某人 陌一飞	14.80元	下垂眼	王小立	10.00元
小时代2.5锋银时代 VOL.2/VOL.4	郭敬明	14.80元	下垂眼.VOL2	王小立	14.80元
受不了RELOAD·1/RELOAD·3	丁东	14.00元	爵迹回格	郭敬明	22.80元
小祖宗Volume 01/03	自由鸟 夏夏夜	10.00元	收纳空白	年年	36.00元
《艾莎的森林》上/下	张晶	16.80元	N.世界	年年/郭敬明	22.80元
梅兰卷一梅之卷	林莹	16.80元	爵	王浣	58.80元
梅兰卷二兰之卷	林莹	16.80元	纯禽史：辞职前我都干了些什么	叶闸	24.80元
梅兰芳卷三竹之卷	郭敬明	14.80元	二秃子！不许笑！		29.80元
梅兰芳外传·再见梅兰芳	林莹	16.80元	妖精的尾巴(1)/(16)	真岛浩	10.00元

期刊

书名	作者	定价
最小说	郭敬明	15.00元
文艺风象	落落	16.80元
文艺风赏	笛安	16.80元
最漫画	郭敬明	10.00元

长江文艺出版社有限公司北京图书中心·上海最世文化发展有限公司出品

北京长江新世纪文化传媒有限公司总发行

名人励志

姥爷	蒋雯丽	34.80元
虚实之间	芮成钢	32.00元
幸福了吗?	白岩松	29.00元
痛并快乐着	白岩松	29.00元
幸福深处	宋丹丹	22.00元
两生花	沈星	22.00元
咏远有李	李咏	25.00元
长天过大云	姜文	49.80元
骑驴找马	姜文	49.80元
墨迹	曾子墨	22.00元
心相约 (新版)	陈鲁豫	22.00元
我把青春献给你 (新版)	冯小刚	26.00元
如果爱 (新版)	冯远征 梁丹妮	26.00元
时刻准备着	朱军	19.00元
我的世界我的梦	姚明	25.00元
我的诺曼底	唐师曾	29.00元

名家名作

书名	作者	价格	书名	作者	价格
大故宫	阎崇年	32.80元	文明的远歌	熊召政	28.00元
大故宫2	阎崇年	32.80元	狼烟北平	都梁	30.00元
大故宫三	阎崇年	36.80元	亮剑(新版)	都梁	38.00元
我不是潘金莲	刘震云	29.80元	血色浪漫 (新版)	都梁	38.00元
温故一九四二	刘震云	29.00元	荣宝斋	都梁	36.00元
一句顶一万句	刘震云	29.00元	包容的智慧	星云大师/刘长乐	28.00元
我叫刘跃进 (精装)	刘震云	29.80元	雪冷血热(下)	张正隆	40.00元
一地鸡毛 (精装)	刘震云	32.80元	雪冷血热(上)	张正隆	40.00元
手机(精装版)	刘震云	25.00元	大帅府	黄世明	28.00元
双城生活	王丽萍	28.00元	朝花夕拾	鲁迅	12.00元
货币战争4	宋鸿兵	39.90元	呐喊	鲁迅	14.00元
突破缅北的鹰	萨苏	39.80元	草样年华·壹·北X大的故事	孙睿	28.00元
穿"动物园"的女编辑	赵赵	29.80元	草样年华·贰·后大学时代	孙睿	28.00元
狼图腾	姜戎	32.00元	草样年华·叁·跑调的青春	孙睿	28.00元
蜗居	六六	25.00元	草样年华·肆——盛开的青春	孙睿	28.00元
偶得日记	六六	20.00元	高地	徐贵祥	25.00元
妄谈与疯话	六六	22.00元	新狂人日记	王朔	25.00元
苏小姐的婚事	六六	39.80元	鲁迅回忆录	许广平	32.00元
小惜人	六六	28.00元	三毛的最后一封信	眭澔平	39.80元

实用指导

你吃对了吗?	于康	33.00元
好孩子:三分天注定,七分靠教育	洪兰	32.00元
重返狼群	李微漪	35.00元
长大不容易	卢勤	28.00元
生命沉思录	曲黎敏	29.00元
黄帝内经·胎education智慧	曲黎敏	29.00元
黄帝内经·养生智慧	曲黎敏	29.00元
黄帝内经·生命智慧	曲黎敏	29.00元
从头到脚说健康	曲黎敏	29.00元
从头到脚说健康2-健身气功与养生之道	曲黎敏	29.00元
从字到人 (养生篇)	曲黎敏	29.00元

文集

货币战争文集	宋鸿兵	288元
鲁迅大全集 (全33卷)	李新宇 周海婴	3600元
《大故宫》精装珍藏本	阎崇年	380元
曲黎敏健康养生大全	曲黎敏	1999元

不敢轻慢。真人面前岂敢隐瞒，我们乃是虚空夜叉，啸聚千多人众，在苍洱云海间打劫因陀罗的商船。大首领名叫黑天，以下还有兄弟四人——坚战、怖军、难敌，猛光。在下便是猛光，这些是我的随从。请问大师高姓——"

鸦却不等那斗笠客说完，就默不作声地推开酒楼大门走了出去。

银瞳看了看满脸失望神色的猛光，一时也想不出有什么话可说的，就掉头追着鸦走出翠玉楼去。

门外真是好美的景象。抬头漫天都是碎钻一样明亮耀眼的星子，低头满地都是呻吟打滚的黄衣喇嘛。

离开了小镇，为避人耳目，银瞳、天乘和鸦弃了官道，挑僻静小路往太白县而去。

银瞳和天乘依旧骑马，鸦却还是步行。他身形庞大，还背负着一个跟酒桶差不多大的黝黑竹篓，看似举动稳慢，其实行走速度极快，来去如风，毫不落后，真不枉了夜叉族"迅捷鬼"的外号。

经过小镇翠玉楼一战之后，银瞳不禁对鸦更加刮目相看，而且不知不觉间又平添了两分亲近之情。就像那名叫猛光的盗贼头领所言："不管大师怎么说，我们都是被大师救下的，这份恩情铭记于心，不敢轻慢。"也越发对这寡言少语的夜叉产生好奇。他到底是从哪里来的，要到哪里去？为什么执意要守护天乘这样一名凡间女子去远嫁成亲？明明是爱极了她，却偏偏又对她无欲无求？

"那些盗贼也都是夜叉，和你是一族的，为什么你不搭理别人啊？"明知道可能会遭到冷遇，银瞳还是忍不住要问，"听说你们夜叉族也分为虚空夜叉、地行夜叉和宫殿飞行夜叉三类。虚空夜叉可驾驭大风，宫殿飞行夜叉知悉天上地下各类宝藏，地行夜叉能同凡人一样享受饮食音乐种种欢乐。那些盗贼自称是虚空夜叉，我看你多半是地行夜叉吧？但你好像一点也不享受人界乐趣的样子，把自己搞得脏不拉几、凄惨兮兮，简直像十八世乞丐投胎转世。你混得这么差劲，到底想在人界得到些什么呢？"

鸦望着路途前方漫漫尘埃和马背上天乘的背影，昂着头，一言不发。他这样魁梧的身躯，便是徒步在地上行走，身高也同骑在马背上的银瞳相去不远。银瞳望着他线条刚硬的侧脸，恨得牙痒痒的，铁青着脸，半是怨愤半是嘲讽地道："当时你说你进到酒楼里是为了'找两个朋友'。你真的当我是朋友吗？假如那时被困在酒楼里的没有天乘，就只我一人，你还会不会冲进来救我呢？我看你多半是不会的吧。"

"我会来救你的。"

"我也会的……"

"还有我。我们都爱香姐姐，呃，香哥哥。呃，还是香姐姐好听。"

鸦黑斗篷下的小蛇们纷纷探出头来吐舌表忠心。除了主人鸦以外，它们最爱的就是银瞳。

鸦却沉默得像块顽石。就算你想挥拳揍他，只怕砸痛的也只是自己的手罢啦。

银瞳泄气地叹了口气，转过头不再去看他。

"你为什么要到人界来？"鸦突然开口问。此前他从来没有关心过问过银瞳的私事。仿佛她一路跟着也是件很自然或者很无所谓的事情，并不需要问清楚她的来历目的。现在居然开口问她为什么来到人界，算是破天荒的奇迹。

银瞳本来打算撒谎，随便说自己厌倦了无聊虚伪的天界，想来活色生香的人界走走，结果话到嘴边，不知为何竟然把实情和盘托出："族里那帮臭老头要我嫁给善见城帝释天之子，我连那个人的面都没见过，谁知道他长得什么鬼样？妈的，我的婚事干吗要他们来操这份闲心？我叫他们快去死，他们都不肯去死，那么我只有逃出来了。"

鸦听了这番话，就斜眼瞥了瞥银瞳，未置一词。

银瞳道："哼，看你脸上那副奇奇怪怪的神色，是不是在想'像你这样满口脏话，比汉子更粗鲁豪放的女子，居然还有人想你去做太子妃？'我蛮好不要告诉你实话的。这世道，掏心掏肺没人信啊。"

鸦摇头沉声道："你太久化身男子，我刚才都没反应过来其实你是个女的。想帝释天竟然叫儿子娶你做太子妃，感觉有点神奇。"

"神奇你的大头鬼！你也去死吧！"气恼的银瞳一脚朝鸦肩头踢去。鸦依然步履稳健地快速前行，连身形都没晃动半分。银瞳却因用力过猛而差点从马上摔下来。马也忍不住对银瞳的不自量力叹了口气。

骑马走在前头的天乘听见后面这么热闹，转过身来望着她"主仆"二人，明艳动人地嫣然一笑。

秋日灿烂的阳光洒在三人身上，北上的路途被掩映在斑驳婆娑的树影之下。其实这一路山野并没有什么秀美景色，只因秋季到来，地上铺满了厚厚的金黄枯叶，枝头也挂满了不知名的红色山果，无非都是些荒山野岭的寻常景象。但在这同行的三人眼里，却是充满了难以描摹的富足和喜乐。

天乘轻轻哼唱起自小学会的南方童谣来。银瞳和鸦安静下来，入神地倾听着。谁也不去想明天。

大半个月后，终于抵达太白县。

太白县说大不大，城不过三里，郭不出七里，但说小也不小，城中百姓亦有三五万人。骑马走在北方寒冷霜冻的官道，远远地，太白县城灰黄色的一长溜外墙从地平线上一点点冒头，跃入眼帘。仲秋湛蓝的长空下，这一圈不起眼的土坯就是他们三人结伴同行的旅程的终点线。

望着那道越来越近的灰黄外墙，听到城门上的官旗在大风中猎猎飞扬的声响，银瞳想，早知道一路这么顺畅，还不如绕点儿道呢。但只恐怕天乘会不乐意，她可一直期待着成为新娘的这一天。旅程终有尽头，分别也是必然，但心里总觉得十分不爽。银瞳瞥了眼天乘，只见她手里轻轻挽着马匹的缰绳，眼望着城头的方向，眉头似蹙非蹙，嘴角似笑非笑。

银瞳突然心头有气，忍不住出言相讥："天乘妹妹，有没有望见你那城门上的宋皓然哥哥？他不是一直眼望南方翘首企盼你的到来么？他站得高，这会儿也该瞧见你啦。"

天乘"啊"了一声，红着脸赶紧转移视线，低下头来看着脚下地面，小声道："……没……没有。天气冷啦，他总站在外面要着凉的……"

"哼！你倒替他着想……"

"银瞳——"银瞳话未说完就被鸦打断。

"干吗呢！这么没规矩？叫'主人'，要叫'主人'！"银瞳狠狠朝鸦翻着白眼。太白县就在眼前了，等送天乘一入城，他们护花使者的使命就宣告结束，天乘不在一起了，自己再跟着夜叉也有些古怪，肯定会被他嫌弃。此时再不抓紧时间作威作福一番也就忒亏了。

"主——人。"鸦拖长声调叫银瞳，并且还故意发作第一声，听起来就像在叫"猪人"一样。不去管满头青筋暴起的银瞳，鸦沉声道："我们还是不要进城了。如果被她夫家的人看到她一个未出阁的姑娘和我们两个穷凶极恶、怪形怪状的男人一路行来，恐怕对天乘将来不好。"

"哼，你倒挺有自知之明的。你才穷凶极恶、怪形怪状呢。公子我向来都是英俊神武、美貌非凡的。"银瞳朝鸦翻了个巨大无比、得意扬扬的白眼。转念又想这默不作声的大笨熊竟然心细如发，替天乘考虑得如此周详。难道就在这里同天乘辞别吗？真叫人伤心。自己一个人接下去又要去哪里浪迹天涯呢？

"不！银瞳哥哥和鸦大叔是我的救命恩人，一定要好好款待感谢的。请两位务必随我进城！"一路来一贯柔声细气，对什么都点头称是的天乘此刻却意志十分坚决，不容银瞳和鸦拒绝，就像初遇那夜她坚定无比地表示一定要北上成亲一样。这小妞儿其实也是个外柔内刚的主儿。而且她还把蓬头乱发、虬髯密布的夜叉称呼作"鸦大叔"，真正要把银瞳笑死。

鸦驻足原地，浓眉之下目光灼灼如炬地凝视着天乘，一脚斜斜向后跨出，似乎随时都会拂袖而去，此刻拼命把她的模样印刻在脑海里。天乘从马上滑下来，紧捏着缰绳，一会儿看看鸦，一会儿又求救似的看看银瞳。鸦轻声对天乘说："真的是为了你好……"

"瞎说。"天乘嘴角瘪起来，眼眶里泪光闪烁，如果鸦和银瞳转身辞别，只怕她当场就要哭出来。

看双方对峙良久，银瞳笑眯眯地咳嗽一声圆场道："我们当然不是为了要求妹妹什么感谢啦。诗有云：义胆送娇娘，千里不留行。事了拂衣去，深藏功与名。但又有诗云：杀人杀到死，管死须管埋。好人做到底，送佛到西天。也不知道宋家具体情形，我们俩就相当于天乘妹妹的娘家人，总要看护着她过门才放心。"

"对啊！对啊！"天乘欣喜地鼓起掌来，"银瞳哥哥好有文采啊！这样的诗文从来都没有听到过诶。"

太白县还挺热闹，城门口进出的人群川流不息。有快马加鞭的衙门公差、推着板车装载苞米白菜进城贩卖的村庄农户、骑着毛驴出城采办货物的商铺伙计、挑着扁担手摇拨浪鼓走四方的卖货郎、满脸褶子的大婶大妈和抱着娃娃回娘家的新媳妇。

但就算在这纷纷芸芸的各色人等中，天乘、银瞳和鸦这一路组合仍能脱颖而出，引人侧目。因为天乘实在太美，银瞳实在太俊，鸦实在太魁梧庞大，就算他一声不吭地埋头走路，那体形也会让人误以为是黑熊精进城，着实吓哭了不少小孩子。

县城南门上下只有松松散散的十几名士兵在站岗守卫，哪里有"站

在城头、眼望南方、翘首企盼佳人到来"的宋皓然哥哥。但既然是宋督台家的公子，那也好打听。银瞳向一个小队长模样的士兵抱拳询问道："这位官爷，请问去宋督台家怎么走？"

刚吃罢午饭，正用竹签剔着牙的小队长上下打量了银瞳和他身后的小美人、大黑熊一眼，疑问道："你们是什么人？为什么要去宋督台家？是要告状，还是走亲？告状去衙门，不过现在督台还在午睡。如果是走亲嘛，那也要看是什么眷属，七大姑八大姨的一拥而上可不行。"

"我们从南边来，护送宋督台公子宋皓然没过门的新娘来成婚，是新娘的兄长，也算是姻亲。"

"宋公子没过门的新娘？！"小队长瞪大了眼，显得又惊又喜，"是这位美人么？真是长得花容月貌、沉鱼落雁啊！啧啧啧啧——"一边惊呼着，一边目光滴溜溜地在天乘脸上身上打转。

不耐烦的鸦一步上前，不必伸手去卡那小队长的脖子，光用巨大身板投射的阴影笼罩下去就足够让小队长窒息了："宋皓然在哪里？"

小队长脸上贼兮兮的喜感顿收，又惊又恐地手指城门深处："在在在塔楼上！宋……宋公子每天白天都站在这南门里的塔楼上。无论春夏秋冬还是刮风下雨，已经好几年了！"

心往下一沉。银瞳本以为那是宋皓然用来诓骗女孩子的一句调情话，没想到他竟然言出必践。那么现在只能寄希望于他长得奇丑无比，是个麻脸鸡胸罗圈腿的矮胖子了。到那时候，银瞳就会痛心疾首地对天乘说：哥哥我实在不能放心把你交给这样一个猥琐分子，你还是跟哥哥我走吧！

事实偏偏与银瞳作对。三人走近塔楼，仰头望上去，就看见在六层楼高的塔顶围栏边玉树临风地杵着个白衣飘飘的青年公子，手握书卷，满脸惆怅地眼望南方，就算瞎子也看得出来那是个剑眉星目的帅哥，而且十分用心念书、忧国忧民、将来前途无限量的样子。

塔楼下两名士兵眉开眼笑地抢上前来抱拳道："请问是江南秀水庄天乘姑娘家来人了吗？刚才秦队长已经叫人过来传过信儿啦！说是宋皓然公子的新媳妇到太白县了。"说着，两人伸长脖子嘻嘻笑着打量银瞳身后的天乘，直看得天乘满脸通红。

饶是天乘从小就貌美，近几年来更是出落得亭亭玉立，总是被人点赞，但也抵不住这里人人都淌着口水扫视她。一扭头，更是发现四周聚集起了许多百姓，都是听说宋督台家的小新娘远道而来跑来观瞻的，个个都瞠目结舌，摇头说："啧啧啧啧啧啧……"这太白县的风土人情也太另类了。

银瞳从包裹里抽出一块绸巾抛给天乘说："天乘妹妹把脸遮起来先，别让他们看。什么破县城，敢情这辈子没见过漂亮姑娘。早知道就该雇顶轿子了，然后我坐在轿子门口收银子，一两银子看一眼，准发财。"说完又眼珠一转，不死心地指着塔楼顶上围栏边的帅哥问士兵："那个穿白衣、手捧书卷，好像吊死鬼在拼命用功、妄想重新投胎考状元的家伙，就是宋督台的儿子宋皓然么？"说不定那是别家的好男人，而宋家麻脸鸡胸罗圈腿的矮胖子正躲在阴暗的角落里呢。

两名士兵面面相觑一眼，点头道："……正是宋公子本尊。两位兄台，一路风尘辛苦啦。这会儿宋督台也正往这边赶呢，马上就来。烦请两位大哥和新娘子先进楼里，在会客室里稍事休息一下。"

银瞳翻了个白眼儿，自从和鸦在一起后，他翻白眼儿的技巧越来越

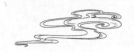

炉火纯青："我说你们那位本尊，他未来的老婆和舅爷都到楼下了，也不赶紧滚下来迎一迎大驾么？"

两名士兵讪笑道："呃……这……恐怕……噢……哼哼哼哼哼哼……"

"什么嗯哼哼哼？"银瞳不由心头火起，原来这位情圣也是个要摆谱的大老爷们儿，这臭脾气可不能放任，正想拿出"舅爷"的架势来冲上去好好教训他一顿，突然听见身后有不少马蹄声和脚步声纷至沓来。

"是天乘姑娘到了吗？啊呀！有失远迎呀——"

两名骑着矮马的士兵开道，六骑士兵断尾簇拥，中间乱哄哄地跑着两排小吏，簇拥着中间一顶四人抬的红顶官轿。轿子还没停稳当，一个白面粉团般的胖子就从轿子里一个大头栽出来，头戴官帽，身穿官服，帽子歪了，领子斜了，稍微有些凌乱，看得出是午睡被人叫醒、蒙头蒙脑急急赶来的模样，应该就是宋皓然他爹，本县城的督台宋大人。胖子笑得挺可亲的，对着银瞳和鸦团团抱拳道："是亲家来人了啊！有失远迎，有失远迎，还请见谅则个。护卫队该早些派个人打头阵，先来通报啊，这样我们也好早作准备……"

他还不知道护卫队在半路上被山贼杀散，连新娘都被掳走的事呢。也是，那些护卫队死的死，逃的逃，估计也没脸面回去禀报。这些事情也不急在一时说。银瞳眼珠朝塔顶翻了翻，把"舅爷"的架子摆足，冲胖子哼了一声道："当爹的都这么殷勤地出来迎亲了，怎么新郎官还像尊佛一样杵在上面不肯下来啊？"

"哦哦！本地风俗，本地风俗！"胖子笑容可掬，两只白白的小胖手团在一起，很有喜感，而且说话喜欢把一个成语连续念两次，"本地风俗是新人拜堂前不能见面，否则要不吉利的噢——"

"这样噢——"银瞳看着胖子肥肥的面颊，很有想去捏一把的冲动。

"天乘姑娘呢？"胖子四下里张望，当看到一个骑在马上的姑娘拿绸巾蒙着头脸，看不清楚面孔，立刻嘟起小嘴，显得有些失望，又不好意思要求把绸巾掀掉看看她到底长什么模样，到底是他儿子要和天乘拜堂成亲，不是他老人家本尊，"哦哦，请天乘姑娘和两位舅爷先到舍下安顿，婚事早准备好啦，就等你们来了。明天就是吉日，拣日不如撞日，拣日不如撞日，明天就过门吧！"

热情倒挺热情，招呼也算周到。银瞳扭头朝盖着绸巾，看起来也蒙头蒙脑的天乘瞄了一眼，心里挺不是滋味的。就这么把个倾国倾城、香气独一无二的好妹子嫁出去了吗？再转眼瞥了眼旁边的鸦，虽然轻轻叹了口气，嘴角却带着淡淡的笑。银瞳鄙夷地想：干吗？他这是在替天乘即将嫁入好人家而感到欣慰么？这个鬼夜叉，一点不像个男人。假如是我喜欢的女子，不管她是不是同道中人，我都要和她在一起，才不会眼睁睁地看着她和别人拜堂成亲呢！

"好。就先去贵府上叨扰了。"

跟着开道的两名骑兵走，还听见身后的胖子一边钻进轿子里去，一边小声问塔楼下的两名士兵："你们瞧见那小姑娘了啊？确实长得不错是吗？噢，噢，那我就放心啦……"

宋督台家准备了三间清静雅致的客房给天乘、银瞳和鸦暂住。

虽然是个小县城，但督台大人家的府邸也有六进六出的大院落，门口好大的红字牌匾，左右镇着一公一母两头石狮子，端的是土豪气派。管家仆佣们笑嘻嘻地垂手而立，牵马的牵马，捧包裹的捧包裹，扛行李的扛行李，浩浩荡荡地引着远亲队穿过游廊、穿过前庭花园、穿过树荫和拱桥，走入作为客房的西厢。一路上，管家用奴才的谄媚套装着主人的傲娇，不厌其烦地介绍着宋督台家有多少亩良田，有多少米粮和绫罗绸缎，老太太过八十大寿时朝廷里哪位要员也曾来函致贺。

确实是好大一家要关系有关系、要身份有身份、要地位有地位的殷实小官宦人家。有多少年轻貌美的女子都在富户家里当丫鬟。天乘出身低微贫寒，如果不是长得美，又福气好，一面之缘后令宋公子念念不忘，恐怕投胎几辈子都嫁不进这样的豪门来。而且还是明媒正娶的正房大太太。

三人一同见过了督台夫人、督台老母亲，印象都挺不错。笑得慈眉善目，跟胖子一般可亲。她们尤其喜欢天乘，拉着她的手"啧啧啧啧"地赞叹个不休。

天乘红着脸说自己是小地方出来的乡下小姑娘，没知识没文化，生怕配不上满腹经纶的公子爷。

督台老母亲中气十足地大声道："乡下小姑娘才好呢！我老家也是种田的。我们家不要那些娇滴滴、病快快的千金小姐，看你手大脚大，屁股也大，一看屁股就知道，将来好生养！"

督台夫人有些尴尬地在旁边赔笑，哪敢去同尊长计较用词啊，轻声细气地对天乘说："将来你陪颖伦一起好好读书，俩人携手比肩，好好过小日子，早日生个大胖小子给奶奶抱，我们家就四代同堂啦。"

这宋家的婆婆和奶奶看来也都是不难相处的人，这就是最大的福分了。有的女孩嫁入了豪门，就算老公不错，但碰着个厉害的婆婆或刁钻的妯娌，被整得死去活来，天天都想上吊投井吃耗子药也是有的。所谓千里姻缘一线牵，大概，说的就是天乘和宋皓然这样的金玉良缘吧。

宋府里晚饭设下盛宴，满桌的山珍海味。天乘是明天就要出阁的新嫁娘，不便抛头露面，由仆妇端进房里去独用。银瞳又不吃人间烟火食，身为夜叉族的鸦吃的东西更是隐秘，连银瞳都没看见他进过食。因此银瞳向盛情的主人推辞说长途跋涉太累，为了明天的婚礼要储备体力而婉拒出席晚餐，只在房里休憩。宋府里的人劝了一回，也为着要筹措明天的婚礼事务太多，不再强求，就把佳肴送进房后张罗婚事去了。

夜晚来临，虽然床铺又干净又柔软，但银瞳却翻来覆去怎么都睡不着。伸手入怀，掏出天乘给她的荷包，就着从窗栅里散落进来的淡淡的月光看，轻轻摩挲着荷包上绣得精致美丽的女红图案。

先前吃过晚饭后，天乘羞答答地跑来，双手奉上一个荷包给银瞳，又奉上一个荷包给鸦。这两个荷包是她这一路上偷偷熬夜裁缝绣制的，没让他们发现，就是想给他们一个惊喜。用的都是上好的锦华绸缎、五彩的丝线，也不知她是什么时候采办的，大概花光了爹给她的那半两银子。给银瞳的荷包上绣着白鹤松树和牡丹，给鸦的荷包上绣着巍峨的群山和漫山飞舞的蝴蝶。

　　模模糊糊猜得出些形象比喻的意思，对一个没念过书的江南小村的少女来说，一定是花了很多时间费尽思量去构思这些图案，再一针一线呈现出来。天乘低着头咬着唇说是见不得人的小礼物，希望他们不要见笑。银瞳和鸦知道这是她用心备下的临别赠礼，留给他们作纪念。

　　银瞳想不出有什么临别赠礼能够给天乘的，眨巴了半天眼睛，小声对她说："明天你就要拜堂了，拜堂之后就是洞房。你知道洞房是怎么回事吗？"这种话该是同为女性的闺密，或是女性娘家人才好说的，但此时银瞳似乎浑然忘记自己的化身是个男子，说这样的话简直像是在耍流氓。

　　天乘的脸孔红得像是要滴出血来，点头也不是，摇头也不是，看来是知道一点的，出门前受过教育了。

　　银瞳伸出双手摸上天乘的脸颊，拇指从额头一直抚下，掠过眉毛轻轻点在天乘合起来的眼皮上，说："如果你不喜欢，就这样在那头猪猡的眼珠子上用力按下去。"这种洞房必杀技肯定没人教过她。

　　天乘挣脱开银瞳的手，笑起来："不要啦，我才不要弄伤他啦。宋皓然哥哥不是猪猡，他是好人。他……他会……对我好的啦。银瞳哥哥你放心吧。"

　　鸦站在旁边，什么都没有说，突然走过来轻轻抱起了天乘，把天乘和银瞳全都吓了一跳。鸦把天乘扛在自己肩膀上，脚尖略略一点地，纵身攀上了院子里一棵高大笔直的大松树，让她坐在树梢上看月亮。月亮像玉盘一般皎洁，灿烂的星河一直横亘过天际。夜晚的空气虽然寒冷，但却充满了松针的清新味道。

　　起先天乘有些害怕，后来发现"鸦大叔"把她举得十分稳健，根本不会掉下来，就像个孩子一样拍着手娇笑起来，眼望南边的方向说："……只有很小很小的时候，爹才把我扛在肩膀上去看过镇上的花灯夜市……"她把手拢在嘴前，小声喊叫，"爹，明天我就要嫁人啦。爹，你和弟弟们要好好儿的，一定要幸福平安啊——娘，你要保佑爹和弟弟们啊——我很好，不用替我操心啦——"

一颗晶莹的泪珠掉下来，滴落在鸦的额头上。银瞳听见鸦斗篷下的小蛇们发出深深的叹息，隐没在了晚风吹拂过松针的飒飒声里。但是，天乘却没有听见。

翌日起来，是个万里无云、长空湛蓝的大晴天。一夜之间，宋府里里外外、上上下下都张灯结彩，每扇窗户纸都贴上了大红囍字。陈年佳酿都搬出来了，猪头羊头牛头都煮得烂熟供奉在后堂祖宗牌位前方了。

两个丫鬟、两个中年仆妇来相帮天乘梳妆，替她穿上大红新嫁衣，戴上镶满了玛瑙翡翠、盘金绕银的凤冠，套上叮铃当啷的纯金手镯和长长的珍珠耳环，最后盖上红盖头，扶她进入轿子里去。

江南总是在傍晚时分拜堂，亲友街坊们观礼之后，就吃喜宴。若是家境殷实的人家娶亲，主人家早就在院落里摆开了十几桌四方台面，拜堂之后，亲友入席，好酒好肉源源不断地供应上来，足足要吃上三天三夜的流水宴。如果是穷困的农户，能凑出钱来给得出聘礼、娶得上媳妇

就不错啦，囊中羞涩没余钱再摆阔吃酒，放上几串鞭炮就算喜庆了。

太白县在北方，北方的头婚是放在中午时分成亲，若是晚上，那就是二婚或讨二房。

按规矩，天乘是足不能出户的，跨出西厢客房门槛，就得迈进轿子里，这是讲究，新娘鞋子不能沾地。所以外面究竟是什么样的情形一概看不见，只能听着喧天的锣鼓声，静静地对镜上红妆。

满宋府的人像蚂蚁搬家一样纷乱繁忙团团打转。他们家院子大，八仙桌开了几十桌，十几个大菜师傅天不亮就开始洗切烧了。太阳刚升起两竿高，宾客开始像流水一样从四面八方涌来。

银瞳和鸦左右无事，俩人就抱着臂膀站在院子里看凡人如何操持一场婚事。银瞳总是打扮得清清爽爽、漂漂亮亮的。鸦却还是丐帮祖宗的模样。宋府里的人对鸦心存畏惧，昨晚偷偷问银瞳为什么这位爷穿得如此破烂，发型如此夸张，要不要连夜请一位裁缝过来替他量体裁衣，再请一位剃头匠来替他好好修剪一下。

银瞳笑眯眯地道："我那位兄长小时候曾身患恶疾，差点挂了。后来来了位云游高僧，看过相之后叫我妈这辈子都不要替他洗澡剪头，也不要穿新衣，这样才能保他长命百岁。你看，果然后来身体倍儿棒，人高马大，壮得简直跟妖怪一样。所以他就一直保持这个造型咯。你最好不要叫他改造型，会被他打哦。"下人也就只能作罢。

将近晌午时分，像给阉过一刀一样的证婚人逼着细高音嗓门喊："吉时——将至——"

早上抬着新娘出去满县城转圈的四人大轿刚刚好回到宋府大门前了。现在这里是人山人海、波澜壮阔的情景，里三层外三层地围着百姓看督台大人儿子娶亲。门口边盘成巨蟒一样的两坨鞭炮被点燃，噼噼啪啪震耳欲聋地响，宋府门前烟雾腾腾，好像到了瑶池仙境，又像是着了大火。

管家裹着满身青烟，一溜小跑奔到银瞳和鸦面前，躬身笑道："按我们这里的习俗，轿子不能抬进门，得请一位舅爷把新娘驮出来跨进门槛，换上红鞋再跨火盆，请问哪位舅爷能出马啊？"眼神却只瞄着银瞳，心想只有这位舅爷上得了台面。以鸦那身形、那装束，若是跑出来驮新娘，大家会以为是钟馗嫁妹，督台大人和捉鬼天师结了亲家呢。

银瞳斜了鸦一眼，知道他会情之所至、深夜里扛着天乘爬树看星星晒月亮，但多半不愿意在光天化日之下去玩这样的人间游戏，于是微笑道："我来。"

银瞳背负起头顶红盖的天乘，轻松潇洒地迈入宋家高高的乌木门槛，行云流水般走向中庭。观礼的亲友围成人墙鼓掌叫好。无论什么年纪的女子，都痴迷地盯着俊朗无匹的银瞳瞧，双手捏在胸前，仿佛要把自己的心都绞碎了，口里呜咽，各种赞美感叹嘈杂成一片嗡鸣声。银瞳有点恍惚，身处这种阵势，感觉倒像是自己要和天乘成亲一般。想看看鸦脸上是什么表情，四周顾盼了一圈，却没找到那个庞然大物的身影。

等把天乘背到火盆前放下来，两名仆妇就扶着天乘跨了四次火盆，分别喻意避凶祛邪、祸去福至、红红火火、吉利连年。随后再拿出新绣鞋来替天乘穿上。

这时，新郎官终于第一次近距离出现了。四周人群突然变得鸦雀无声。只见剑眉星目的宋皓然身穿一身闪亮油滑得滴得出水来的描金黑绸长袍，头戴簪花冠，胸前绑着好大一朵用红绸结起来的富贵牡丹花，由

一左一右两名小厮引着走向新嫁娘。小厮手捧一个绣球，把一头红绸交到新郎官手中，另一头由仆妇转交到新娘手中。然后新郎官就扯着红绸绣球，牵着新嫁娘一步一步走向前堂。

银瞳站在庭院中央，眼前只有波涛涌动的人墙的背影。所有人都拥挤在前堂门口观礼。只听见证婚人宦官般尖细的声音从人墙缝隙里透出来："一拜天地……二拜高堂……三——夫妻对拜……送入洞房……"

鸦雀无声的人群里发出如释重负般的喝彩吁气声。接下去就是放开肚子吃喜宴，有人连锅都带来了。

银瞳突然觉得自己肠胃空空，这是一种从来没有过的饥饿感，整个人都像是被清空了。十分地虚无。

好了，天乘已经嫁为人妇了，夜叉鸦也杳无踪迹，自己也该悄然离去了。

天乘正襟危坐在新房的床榻边沿，头上一直顶着红盖头。她很老实，没有掀起盖头来偷看，只是低垂目光看着自己的膝盖，和安放在膝盖上的一双手。看描龙雕凤的金镯子在手腕上闪烁着金灿灿的微光。还有嫁衣红裙下的绣鞋，红底子上百合盛放。天乘看着鞋面和地板上的光一点点暗淡下去，知道暮色将至。然后有丫鬟轻轻叩门，走进来点亮了蜡烛，顺便放了些几重院落以外隐隐的喧闹的人声进来。等丫鬟出去，关上了门，整个世界又只剩下天乘一个人。

天乘突然揪紧了膝盖上的衣摆，来克制自己满腔的紧张不安和寂寞彷徨。此时此刻，她是多么希望银瞳和鸦在身边。因为跟他们在一起时，她始终都知道自己要什么，目的地在哪里。而现在终于抵达目的地，银瞳和鸦却都再不能护送她了，她也突然不知道自己要去哪里了。银瞳和鸦现在在做什么呢？也在同宾客一起欢宴吗？会像其他人一样喝她的喜酒喝到烂醉如泥吗……

房门再一次被推开，放了些北方夜晚的寒冷空气进来。门口出现了几个人的脚步声和压得近似耳语的窸窣低语声。似乎有人在说："进去呀……快进去……"然后就有一个人被推了一把似的栽进新房来。

天乘一动不敢动，坐得笔直又矜持，听见自己的心扑通扑通地大跳，还听见那人沉重的呼吸声，显然是个男人。时间一点点流逝，也不知过了多久，桌上的蜡烛烧爆了芯，发出轻微的嗤的一声。那男人还是一动不动站在原地。天乘觉得自己再这样等下去就要睡着了，忍不住轻轻掀起红盖头的一角来。

龙凤红烛火光下照得分明，正是在县城南门塔楼顶上远远望见的剑眉星目的青年公子。此时他胸前的红绸牡丹已经摘掉了，帽冠上还是簪着喜庆十足的大红花，站在门边凝望着床榻边的天乘，一脸深情，就是不走过来。看起来，新郎官比新娘子更紧张到不知所措。

这个俊朗的青年公子已经是自己的夫君了。一切简直都像是在做梦。天乘迟疑了一下，轻轻朝他微笑了一下。没想到夫君情深至此，竟然还是痴痴凝望自己，半步都不迈过来。果然是正人君子。天乘低头含羞轻轻道："皓……宋皓然哥哥，你一直站着累不累啊？要不要过来坐下？"

宋皓然依然泥雕木塑，天乘感觉不太对劲了。此时听见窗栅外有人低声喊："颖伦！快过去！"天乘大为惊骇。听那话语声，竟然是自己的公公宋督台。难道他刚才把儿子推送进洞房来后就一直没有走远，而是伏在窗边偷看？！哪有公公来听新房的？这宋督台到底怎么回事？这宋皓然到底有什么问题？

天乘正自惊疑不定，房门突然被推开，公公宋督台和婆婆宋夫人出现在门口。宋夫人脸上赔着笑，走进屋来，揽着宋皓然的肩膀，把他往床榻边推移，口中还像哄小孩儿般道："宝宝乖，快去和你媳妇儿坐一起。爹都教过你怎么做的，你都记得的对不对？媳妇儿来了，快过去——"

天乘目瞪口呆。宋皓然猛然挣脱开宋夫人的手，用力之猛竟然把她推倒在地，然后自顾自两眼直愣愣地望向窗外，慢腾腾傻笑道："……我……要……去……塔楼……登……高……望……远……"

原来宋皓然虽然样貌英俊，其实却是个傻子！这个念头如同晴天霹雳一样，击打得天乘眼前漆黑一片，呆坐在床榻边什么话都说不出来。宋督台见宋夫人被儿子推倒在地，再也按捺不住，一个箭步冲进新房来，劈头盖脸就给了宋皓然两个清脆的巴掌。傻子被打惨了，愣了半晌，捂住脸震天动地地号啕大哭起来。

宋夫人从地上爬起身来，心疼不已，拦阻住宋督台，一边抱着儿子的肩膀安抚他，一边对天乘赔笑道："颖伦今天是太高兴了，有点儿失态，平时可不这样，挺好的，挺聪明的，你让他做什么他都挺听话。天乘，你就多担待点儿。"

天乘眼泪都下来了，拼命摇头道："他怎么会是这样？从来没有人和我说过他是这样的！"

宋夫人快步走到天乘身边并肩坐下，拉起了她的手，她自己的眼泪也掉下来了："天乘，不瞒你说，颖伦小时候比谁都聪明，三岁就能提笔写字、七岁就能吟诗作对。没想到十岁那一年，贪玩爬到树上去登高望远，一不小心失足摔下来，撞坏了后脑，好不容易保住了性命，但很多事情就都想不起来了。只知道登高望远、登高望远……"说到这里，宋夫人泪如雨下，"如果没有发生当年那件惨祸，颖伦一定早就高中状元，说不定还能成为东床驸马呢……"宋夫人也是因为情绪太激动了，一时失言，言下之意就是，如果我儿子不是傻子，没人肯嫁给他为妻，我们家还能千里迢迢从你们南边的小村庄里物色你一个乡下姑娘来成亲么？为了掩饰失言，宋夫人赶紧擦干了自己的眼泪，微笑劝慰天乘道："天乘啊，颖伦不是天生如此，他只是受伤生病了。你们成亲是喜事，可以冲冲煞气。说不定过段日子，他就能把一切都想起来了呢！到那时节，你们俩的好日子可就来了。"

天乘脸色刷白，长长的睫毛不停地颤动，低声问："……您说他是十岁那一年就摔成这样了？那一年我才三岁……其实，皓然哥哥是不是从来没有到过江南我家乡的小村庄？"

"没有啊。颖伦自小在北方长大，后来又……病了。怎么会去江南？"宋夫人不明白天乘为什么要这么问，她随口答过，又拍着天乘的手背，和颜悦色道，"天乘你看，我们家样样都好，不过就是颖伦记性不好，做事动作慢，人是再好没有的了。要相貌有相貌，要身板有身板，要钱财有钱财……"

宋夫人的话天乘一句都没听进去。她咬着唇，呆呆地想着，为什么宋皓然从来没有去过江南，村长却说他曾见过年少时的她，一见钟情数

年？看来是个谎言。只是为了骗取她和她爹的信任，让她千里远嫁一个傻子罢啦。

天乘又怎么会知道，江南鹦舞县的王督台同宋督台是同一期入朝的同僚，正是受了宋家的委托，吩咐下属们四下里替他们物色一个年轻貌美、清清白白好人家的女儿来结亲。村长想举荐自己的儿子进入乡试，赶着拍上司马屁，拍着胸脯说为了办成这件婚事，哪怕说谎骗人也在所不惜。另外那些牛羊猪鸡、粮食布匹、雪花纹银之类的聘礼，早已经被村长从中抽走了一大半，给到天乘爹手里的，不过是一小部分罢了。

对天乘来说，假如宋皓然年少时果真随父亲来过江南秀水村，当真在庙会上见到过她，惊鸿一瞥，由此情定一生，一直在等她长大起来……假如真的有这么一段前缘，那么就算现在的宋皓然是个凡事不能自理的傻子，天乘也决意承担下来，从此好好照顾他的衣食起居，执子之手，与子偕老。因为至少在他清醒正常的年头里，他是深爱她的，是翘首企盼着她的到来和相知相伴的。

可这一切仅仅是村长信口胡诌的一个谎言。眼前的宋皓然完全是一个素昧平生的陌生人。一个智商只相当于三岁孩童的成年男子。挨了父亲的巴掌，捂着脸，瘫坐在地上蹬着腿撕心裂肺地大哭。宋督台低声威吓，宋皓然不敢哭出声，改为不停地抽噎着，眼神呆滞，泪水口水一直淌到胸襟上。

这个男子从来不知道她的存在。也从来没有爱过她。

看天乘脸色刷白，神色凄楚，知道她极不情愿。宋夫人的脸色很快就沉了下来，从好言劝慰、一味软求改为夹枪带棍的威逼说辞："天乘啊，你们都已经拜过堂了，你可是我们家三媒六聘、花费重金娶进门来的媳妇儿,这是缘分,也是天命。你爹也认了,你自己也认了,这天地日月都是鉴证。所谓天威难测,要反悔的话,可是要天打五雷轰的啊!"

宋督台也踱步过来,面无表情地道:"如果你同颖伦真过不到一起,我家也不会强求。只有一个要求,就是给我们宋家生出一个小子来。等麟儿降生,香火有续,你要去就去,要留就留,敬请自便,敬请自便!"

豆大的泪珠像断了线的珍珠般滚落下面庞,天乘哭倒在床榻边,小声却坚定道:"对不起,我做不到。"

宋督台和宋夫人一起板起了脸,冷然道:"哼,你既然进了宋家门,就算插翅也休想飞。从此刻起,你必须一天十二个时辰片刻不离地陪伴在颖伦身边。哪里都别想去!"说着,宋督台朝门外喊了一嗓子,"云妈、雪娘!"门口阴影里就闪身出来两名膀阔腰粗的中年仆妇,谄媚应声道:"老爷,夫人,奴婢在!"

宋夫人道:"你们俩回头知会红姑和花姨一声,两人一班,轮流换岗,睁大眼睛给我好好伺候少奶奶,若是少奶奶少了一根头发,我就拿你们是问!少奶奶是来给颖伦生儿子的,你们可得好好照应她。若是颖伦有什么不明白的地方,你们一起相帮着指点指点。"

云妈、雪娘"嘿嘿"一笑,答应道:"是!"一边卷起袖子走进房来,从地上扶起抽泣成一摊烂泥的宋皓然,就开始替他除冠脱衣。宋夫人朝宋督台使了个眼色:"老爷,今天是小两口洞房花烛夜,我们就不要在这里碍眼了,走吧!"两人迈出新房去,把一切控制权交给了心腹仆妇。

黑脸浓眉的雪娘朝天乘走去,皮笑肉不笑地道:"少奶奶,天色不早了,奴婢来伺候你宽衣吧!"

天乘惊骇地揪紧了衣衫,尖叫道:"不要!你走开!快走开!不要

过来！不要——"

院子里，管家神色紧张地一路飞奔过来，朝宋督台和宋夫人叫道："老爷夫人！老爷夫人！我们刚刚接着个人，您二位一定要赶紧见一见才行！事关少爷的终身大事呢！"

新房里，天乘誓死不屈地同雪娘搏斗着。天乘一直在乡下帮衬着爹爹务农，比一般闺阁里的小姐要有气力许多。雪娘年轻时也是一把种庄稼的好手，现在上年纪了，荒废已久，平时最多的运动就是体罚做错事的小丫鬟。搏斗了好一会儿，她还剥不下天乘裹得紧紧的嫁衣，又怕撕破了不吉利，气喘吁吁回头喊云妈来帮忙。云妈已经把宋皓然脱得只剩下衬裤，就把他斜靠在扶手椅里，冲过来加入战团。就算天乘年轻，但毕竟双拳难敌四手，天乘被云妈牢牢按在床榻上，雪娘十根手指又粗又短，但解起扣子来倒神速至极。

天乘拼命挣扎，发出凄厉悲惨的尖叫，泪眼婆娑间，看见对面傻子公子赤裸着上身，坐在椅子里看热闹好戏，早就不哭了，还"嘿嘿嘿"地鼓掌傻笑。

天乘连死的心都有了，凄苦地放声高喊："银瞳哥哥、银瞳哥哥、鸦大叔……快来救我！"

云妈冷笑道："这里是内院，就算你喊破了喉咙都没人听见。过了门，你就是宋家的人，娶妻不就为生子么！不洞房怎么生子？！别说舅子了，就算你亲爹亲妈也须管不得这洞房里的事儿。"

天乘苦苦挣扎嘶喊，可是银瞳和鸦一个都没出现，他们都喝醉了吗？他们知道她正在被人凌辱吗？

雪娘解内衣盘扣的手垂落在肩膀边，天乘就张嘴重重咬了下去。雪娘拔出手腕来，看见两排血牙印，怒从心头起，甩手就给了天乘狠狠一个耳光。天乘被打蒙了。她家虽然穷，但从小到大从来没挨过打，火辣辣的疼痛和巨大的悲愤羞辱海啸般袭来，把她吞没在黑暗中。迷迷糊糊听见傻子在拍手叫好，口齿不清地痴笑道："嘿嘿……嘿嘿……叫你不听话……你也被打啦……被打啦……活该……哈哈哈哈……"

突然有人在外面用力擂门，高喊道："云妈雪娘！快住手！慢点让他们圆房！"

雪娘走去开了门闩，没好气地道："少奶奶脾气很大，累得要死，好不容易快上炕了，你来胡搅什么？"

管家闪身避让在门的一边，侧头对她道："还好还来得及！是老爷夫人叫我火速来通知的，赶紧让少奶奶穿戴整齐了去后堂问话。此事非同小可。动作利落点，老爷夫人都在后堂等着！"

夜幕下，满脸泪痕、木愣愣的天乘被她们半拖半拽地押到了后堂。

后堂里点着几根蜡烛，没拔过烛芯，光芒不甚明亮，风一吹，豆大的火苗摇摇曳曳，反而显得森然可怖。宋督台和宋夫人一左一右坐在案桌两头，俩人的脸色在烛光下显得阴郁诡秘。云妈和雪娘把天乘按在客座靠背椅里，天乘恍恍惚惚地一抬头，才瞧见对面客座里还坐着个穿皮

袄的男子，有些面熟。如果不是刚才在新房里发生的事情令天乘羞愤难当、伤心气绝到神志不清，她应该很快就能认出来，那个男子其实就是两个月前来到江南秀水庄远道迎亲的护卫队中的一员，姓金。

"金护卫，你看清楚了，是她没错么？"宋夫人开口道。

"……是，是的。真的是天乘姑娘……"金护卫吊起眉梢来，牵动嘴角来讪讪地笑了一下，"天乘姑娘，迎亲队伍在狮子岭遭到了山贼，杀散了护卫队，劫走了所有财礼，还把姑娘你也给掳走了。我逃脱了性命，好不容易才回到太白县，吃了这么大亏，也没脸来见督台大人。今日听说宋督台家娶媳妇，忍不住好奇偷偷跑来看一眼，人山人海挤不进来，也吃不准新媳妇到底是谁，就找下人们去打听，他们告诉我说是姑娘您。我就觉得挺奇怪的。姑娘是怎么从山贼那里逃出来的？"

"……什么……你说什么？"天乘喃喃的，她到现在都还听见自己在新房里发出的惨叫声，害怕眼前每一个陌生人，一时没懂那穿皮袄的男子在说什么，只瑟瑟发抖地道，"银瞳哥哥在哪里？"

"哼！现在还有心记挂着他们，口口声声银瞳哥哥。"宋夫人离了座，走到她跟前，死死盯着她道，"都是我们迎亲心切，竟然没留神你根本不是护卫队护送来的。金护卫都说了，在你老家江南秀水庄，你压根没有什么哥哥，只有几个黄毛小弟。跟你一起来的两个男人是什么人？！是不是山贼土匪？！"

天乘这才有点明白过来，含着泪低声道："不是的……我是被山贼抢走了，后来我抢了一匹马逃了出来。山贼追我，正好遇上银瞳哥哥和她的随从鸦大叔，是他们救了我，侠肝义胆，一路护送我来到这里……"

"哼！这样的话，为什么你刚来时不说个明白？只说那两个是舅子，现在又改口是救命恩人。"

"……这……"天乘呆呆地看了宋夫人一眼，不知道该怎么辩驳。

管家匆匆忙忙冲进来禀报道："老爷夫人，我们已经在府里内内外外都寻遍了，哪里都找不到那两位舅……两个男人的踪影！那位蓬头垢面的，原本有个大背篓放在客舍里的，现在也都不见了。"

宋督台用力拍了一下桌面，勃然起身道："不辞而别，心怀不轨！狼子野心，罪大恶极！"

宋夫人阴沉地盯视着天乘，冷冷道："你就老实招了吧，是不是和山贼串通一气，来我宋府大院里查勘地形，还留下你来做内应，以后趁府上不备之时打算要谋财害命？"

天乘听了这话，不由得又急又怒，拼命摇头表示否定："不是的！他们不是山贼。他们都是好人！他们只是送我来成亲，根本……根本不是你说的那样。你不要、你不要胡乱冤枉好人……"

"老爷、夫人，当时那帮山贼劫持天乘姑娘时，还吵着嚷着说要带回山寨去做压寨夫人的哪……"金护卫察言观色，冷不丁补充了一句。

宋夫人转过脸去，同宋督台两人对视了一眼，一把拽住了天乘的衣襟，怒道："你这个不要脸的小娼妇，你早已和山贼私通过了，不仅带着两名匪首来我宋府里作怪，还痴心妄想把这残花败柳的身子嫁进我这清清白白的金玉良门来！差一点点啊，我家颖伦就跌毁在你手里了！你好歹毒的心！"

天乘听了这话，差点晕厥过去。看着眼前晃动着宋夫人狰狞的脸，怎么也不能和前一天所见的那个和蔼可亲、说话细声细气的尊贵的夫人联系起来。这家人怎么会有那么多的嘴脸、那么多诬陷别人的念头？！

　　天乘双眼通红，嘶哑着嗓音喊："不是你们说的那样！既然你们这么不相信我，那就请让我走吧！我不要做你们家的媳妇了。我要回江南去……"

　　宋督台怒道："你以为太白县督台府是什么地方？抬脚想来就来，拔腿想走就走？！这么容易么？！"

　　宋夫人冷哼："俗话说，娶进门的媳妇买回来的马，夫家都还没下休书呢，你就想走？还是奸情败露，想趁早溜走去同你那两个山贼匪首会合，回去做压寨夫人啊？！"

　　宋督台傲然道："哼，我这堂堂宋府也有重兵把守，难道还怕了你们不成？！你和那伙小毛贼来一个抓一个，来两个逮一双。个个都送进黑牢里去，永无天日，秋后问斩！夫人，要不要先把她押到牢里去啊？"

　　宋夫人想了想，道："老爷，毕竟今日里也大鸣大放地娶亲过门，宴请四方宾客都眼睁睁地看见了。此事还是不宜声张。我看不如这样，先把这小娼妇关在后院柴房或地窖里，等过段时日，就和大家说新媳妇水土不服，患病死了。以后我们再想法儿替颖伦另娶一房。至于这小娼妇么，先休了她，然后羁押在府里当粗使丫鬟吧！当牛做马使唤，不然怎生对得起我们那些聘礼彩金。"

　　天乘绝望地喊："你们怎么可以这样？我真不是什么山贼的压寨夫人，求你们放我回家侍奉爹吧……"

　　宋夫人居高临下地俯视着痛哭流涕的天乘，冷然道："你口口声声说自己没和山贼串通一气，假若我们家一定要这么认定，你断然不服，是不是？"

　　"……是！"天乘像是看到了一线生机，咬牙道，"督台本就是地方父母官，怎么能这样道听途说，胡乱冤枉人？夫人也该明断是非才是……"

"哼，你不要给我口硬。好，俗话说，捉贼见赃物，抓奸成双。现在你那两个奸夫拔脚先走了，你自然抵死不认了。好，我就让你认罪认得心服口服。云妈、雪娘，你们带这小娼妇到厢房里去，仔细检查一下她是不是已经破了身。只要是破了身，那就是和人通奸的铁证！去吧！"

天乘惊得目瞪口呆，她怎能接受这样屈辱的检查？不愿再和宋家人辩驳，起身就朝门外跑，想逃出去。云妈和雪娘也反应奇快，一个箭步蹿出来抓住了她的两条臂膀，用手捂住了她的嘴不容喊叫，然后一左一右挟持着天乘朝厢房走去。天乘只觉得一阵窒息，眼前一黑，竟晕了过去。

云妈和雪娘架着受惊过度、已经虚脱到晕厥的天乘穿过庭院，突然一个庞大黑影出现在半道上，堵住了去路，低沉的喉音如同野兽在嘶吼："站住！天乘她怎么了？"

"啊！山贼奸夫……"云妈和雪娘惊呼出声。她们已经辨认出眼前黑熊般的壮汉正是和天乘一同来到太白县的"大舅"鸦。没想到这匪首贼胆不小，竟然杀了个回马枪，再度闯入宋府来。云妈和雪娘边架着天乘往后退，边高声尖叫呼喊："老爷！夫人！快来人呀！山贼奸夫回来救小娼妇啦——"

　　天乘被她们的喊叫声惊醒，悠悠睁开眼睛，只见清朗月色之下，鸦顶天立地站在庭院中央，迈着阔步，如同天神金刚一般走来，焦急万分又莫名万分地道："天乘！天乘！你怎么了？发生什么事了？！"

　　天乘努力想挣扎，但逃不脱云妈雪娘紧箍着她臂膀的四只手，只能虚弱地呼喊着："……鸦大叔……救我……救救我……"

　　鸦明白天乘是被这两名佣妇挟持，暴怒地仰天大吼一声，只一步就跨到三人跟前，一挥左手把云妈掀翻到三丈开外的围墙上，一振右臂把雪娘撩得向后翻滚了七八个跟头，直撞到花坛里，然后伸出双手，小心翼翼地扶住了浑身无力的天乘，心急如焚地询问："你怎么样了，哪里不舒服？她们打你了吗？"

　　此时宋督台、宋夫人和管家带着众多家奴赶到，看见围墙脚下的云妈和花坛烂泥堆里的雪娘不住地呻吟，立时吩咐家奴纷纷散开，把鸦和天乘围困在庭院中央。宋督台虽然觉得鸦体型彪悍、神情骇人，但自忖己方人多势众，倒也没有丝毫怯意，低声嘱咐一名随从速速走后门去衙门里调集士兵，随后朝鸦大声喝道："你这大胆毛贼，竟然敢在我督台府里撒野张狂！还不速速束手就擒！"

　　鸦把天乘打横抱了起来，双手十指缓缓曲张，发出噼里啪啦爆豆子般的清脆响声。他已经看出这些人在欺负天乘，也懒得去问个仔细，只打算把他们全部打倒便是，就算全部杀掉也可以。

　　突然间，一道白色的人影从斜空里轻盈利落地飘落到庭院中央，站在鸦的身边，轻轻按住了他的手，正是银瞳，低声道："鸦！你自己说过，诸余罪中，杀业最重。诸功德中，放生第一。你是魔神，我是天人，我们本就不该来人界，更不要随意去同这些凡夫俗子作对，免得堕了身份。还是带着天乘快走,等问清楚了状况再说不迟! 现在不要乱开杀戒! 求你了!"

鸦双目赤红,但被银瞳死死拽住,天乘也哭着小声道: "鸦大叔,我们快逃吧,这里好多人⋯⋯"

鸦恨恨地猛一跺脚,冲天而起直入云霄,坚硬的青砖石被他踩得粉碎,地上留下一个一尺多深的坑洞。

满地灰尘中,宋督台、宋夫人、管家和家奴们仰头望着天空,全都脸色惨白、眼珠瞪得如同铜铃,嘴巴张得可以塞进一个西瓜,还有人用力扇了自己一个耳光,看自己刚才是不是在做梦。一个黑熊般的巨汉,竟然一跺脚就飞走了,手里还抱着府上刚娶来的小新娘。

过了好半晌,众人才想起来庭院中央还有个"二舅"在。

宋督台刚把仰望天空的视线放落下来,就看见银瞳悄无声息鬼魅般出现在面前,那张英俊至极的脸孔同自己的鼻尖相距不过寸许距离,此时冷若冰霜,漆黑的瞳孔气势逼人,瞬也不瞬地盯视着他。

银瞳"嘿嘿"一笑,出手如电拿住了宋督台的咽喉: "胖子,我们娘家人还没走远,你们就敢欺负我家小妹了? 我大哥杀人不眨眼,我暂时先阻住了他,留下你们家满门狗命。你现在最好全家开始烧香拜佛。等我追上我大哥小妹,问清楚今晚到底是怎么回事,倘若发生了什么不该发生的事情,我看你这里府内府外难免要化为一片白地。"

宋督台被银瞳捏住了咽喉,涨红了粉团儿似的胖脸,拼命挥手,嘶哑着声音断断续续地说: "⋯⋯没有⋯⋯我们没拿天乘姑娘⋯⋯怎么样⋯⋯误会⋯⋯一切都是误会啊⋯⋯舅老爷⋯⋯松手啊⋯⋯我喘不过气来啦⋯⋯真⋯⋯真的⋯⋯舅老爷松手⋯⋯进屋来喝杯茶啊⋯⋯"

此时管家通风报信去搬来的援兵已经从后门奔入庭院，明火执仗、举刀弄枪，一百多人把银瞳团团围住，围墙上还站上了十来个弓箭手。宋督台拼命挥手，做眼色，想叫他们退开，不要在这个时候火上浇油。宋夫人却乱了阵脚，躲在廊柱后面边哭边叫："妖怪山贼，快放开我们家老爷！不然我们请法师来降你！"

银瞳本已打算走了，听了这话就"哈哈"一笑，说："看来根本不是什么误会。好，你说放开就放开。"随后以迅雷不及掩耳的速度噼噼啪啪扇了宋督台十几个耳光，双臂一振，那一百多人手中的武器全都被一阵香风卷起飞向空中，银瞳念了咒，施下"扭结"法术，立时把那一百多把刀剑弓箭拧成一个巨大的铁球，呼啸着从半空中坠落下来，轰然砸落在庭院中央。

所有人抱头鼠窜，哭爹喊娘，大叫着："妖怪！妖怪！妖怪来了——"

"真是有眼不识神仙。蠢货。"银瞳轻蔑一笑，拧身一旋就飘上了半空，循着鸦腾飞的方向追去了。

时隔未久，秋寒的空气里还残留着些微天乘身上独特的香味，银瞳循迹一路飞行，在十里外山麓间的一处山洞里找到了他们的踪迹。一落地，就看见夜色下鳞光闪动，十几条小蛇守在门口翘首相待，争先恐后唑声说："香姐姐香姐姐，就知道你很聪明找得过来的，主人让我们在

此恭候，若不见你来就去接应呢。"

银瞳心中不由一暖，拍了拍它们的三角形小脑袋，往洞深处走去。

到底发生什么事了？白天那么幸福的新娘子天乘，此时竟然被折辱成这样。银瞳心中酸楚愤怒。若不是知道鸦那烈火般暴戾、杀人不眨眼的脾性，她也不会全力劝阻鸦尽快离开宋府。若不是怕耽搁太久，失去了鸦和天乘的踪迹，她肯定会大闹宋府，便是不杀人放火，也决计不会这么容易就放过他们。

白日里，眼看着天乘同一表人才的宋皓然拜堂成了亲，鸦也消失不见，心里空落落的银瞳眼望着热闹喜庆的人群，深深叹了口气，避开了那些举着碗来敬酒的闲人，拖着沉重的脚步缓缓离开了宋府，而后出了城门，离开了太白县。在遇见鸦和天乘之前，银瞳独身一人闯荡人界已经好几个月，一直觉得自由自在，舒畅之情难以言表。而此刻，她却感到前所未有的寂寞和孤单。举目望向茫茫四野，不知道该往哪里去，竟然连京城繁华的烟花地都成了脑后浮云。银瞳漫无目的地在野地里踽踽独行，后来还在某户农庄秋收的谷仓里倒头沉沉睡去。醒来时天色已经全黑。银瞳突然想再悄悄溜回宋府去看一眼天乘。她其实也很想见到鸦，但天乘总归在宋府里，不会离开太白县。而鸦却是神龙见首不见尾的主，没处找去。没想到一来到宋府，竟然就看到了夜叉鸦。银瞳还来不及惊喜，就发现当时的情形千钧一发，一触即发。夜叉族本就善恶难言，据传族中有很多食人精气血的恶鬼妖魔，杀掉几十人本不是什么大事，他们本就靠这个吃饭的。但银瞳不愿意让鸦再多犯杀业。因为六道轮回，业力累累，积重难返，虽然现在鸦看似是无敌的，但未来总有自吞苦果的一天。银瞳希望鸦能好好儿的，不要遭受任何天谴，不管是为谁。

　　银瞳走进洞里，看见洞里燃烧着一把温暖的篝火，一堆干燥的草叶上横卧着双目紧闭的天乘，可能是鸦不想让天乘再受到惊吓，所以在从宋府庭院里腾空飞起之前就对她下了催眠咒。

　　"为什么不叫醒她，问问自我们走后，到底发生了些什么事情？"银瞳轻声问。

　　坐在草叶堆边的庞然大物——夜叉鸦猛然抬起头来，银瞳知道他必然情绪激动，但看见他布满了血丝的双眼和一脸愤怒的表情还是吃了一惊，特别是在那副狰狞到想要撕碎一切的神情之中，还掺杂着一丝无奈和痛苦。鸦凄厉地看了银瞳一眼，迅速低下头去，沉声道："……我在等你来……"

　　银瞳心神为之一漾，却知道必然还有后文："……为什么要等我？"

　　"……我不知道该怎么轻柔地同她说话……不知道怎么安慰她……我不知道……"这个不知用什么诡异方法让迦蓝臻官达玛法师消失于无形的夜叉，这个曾在山涧边徒手撕裂了十几个山贼丢入黑色旋涡吞噬掉的怪物，这个曾在小镇酒楼里瞬间把几十名修道士和黄衣喇嘛修理得分不清东南西北的魔神，此刻竟然显得如此忐忑不安、紧张踌躇。天乘对他来说，仿佛就像镜中花、水中月，是伸手碰触一下就会破碎消散的宝贵至美的所在。所以他要等她来，等她来悉心慰藉他所爱的女子。

　　有没有一个人也会像鸦珍爱天乘那样地来珍爱自己呢？银瞳不由有些悲伤地想着。如果有这样一个人誓死追随、守护自己，如果有这样一份厚重深沉的感情无所不在地包裹自己，她一定会抛开一切和他在一起，哪怕为此而遭到全天界的追捕也在所不惜。只可惜，有生以来所见种种神仙眷侣中，从来没有这样情深意切的真情，哪怕自己的母亲也不过是父亲的妃子之一。唯一所见的鸦，他深爱的是一个凡间女子。

"白天你到哪里去了？为什么没有留守在宋府里观礼？我哪里都找不到你。"银瞳走过去在草叶堆边坐下，伸手撩开天乘额头上的一缕湿发，问鸦，"你是觉得自己保镖的任务结束了吗？"鸦沉默不语。

"如果你真的心里有她，为什么又要送她去和别人成亲？"银瞳不依不饶地追问。

鸦终于抬起眼来看了银瞳一眼，又转过视线凝视沉睡中的天乘："我不想打扰属于她的生活。我不知道她还有这样的劫数。看她有了归宿，我想我该走了。我是夜叉。我只想在她遭遇到困难时保护她平安。"

"但平安不是幸福。她和别人在一起未必便会幸福。你这么担心她，为什么不和她一直在一起？"

鸦抬起头来看着银瞳，他的眼神是赤裸裸的，炽热强烈的情感溢于言表，说明了一切。他分明是想要永生永世和她在一起的，但某种绝不可能的理由阻隔了他们。

银瞳按捺下酸楚的心情，不再追问，转身伸出手，捏了个诀，清除掉催眠咒，轻轻唤醒了天乘。

天乘睁开眼，看见跃动的火光下银瞳英俊的脸孔，洋溢着关切的神情和令人安心的微笑，"天乘妹妹。"

"银瞳哥哥……"天乘嘤咛一声，伸手拽住了银瞳的袖子，将头埋入她衣襟中，呜咽着哭起来。一夜的惊吓终于到此终结，只要看到银瞳在眼前，哪怕这里是野兽出没的荒山、散发着陈年植物腐烂气味的黑暗洞穴也都是安全的所在。而只要一想起那日光之下人头攒动、锣鼓喧天的拜堂现场，大红龙凤喜烛照亮着的装设精致、美轮美奂的洞房……就

让天乘不寒而栗，整颗心都提到了嗓子眼，真害怕宋府里云妈雪娘粗壮有力的手猛然伸出来，把她拽回到那间恐怖的新房。

"好妹妹，银瞳哥哥和鸦都在这里，没人敢欺负你，慢慢说，我们走后，究竟发生了什么事？"

"你们为什么都不见了？为什么要抛下我一个人？"天乘抽噎着，涨红了脸，今夜的可怕经历实在羞于启齿，她含含糊糊、吞吞吐吐，银瞳细细地听了好久，连蒙带猜，好不容易才搞清楚个大概。而鸦完全是丈二金刚摸不着头脑，不由得急切起来，突然想起自己有一道法门，立时催动法力进入了天乘的记忆，"看见"了天乘今夜的一切遭遇。

鸦顿时怒发冲冠，猛然起身拔步就欲往洞外冲。银瞳知道他必然是要去宋府杀灭那些为非作歹的凡人，扑上去死死抱住了他，"鸦！那些人确实可恶，但他们还罪不至死，你不要再妄犯杀业！"

天乘仰头望着满脸杀气的鸦，不由浑身颤抖："银瞳哥哥，鸦大叔……是要去……杀人吗？"

鸦露齿狞笑："我去斩杀了那些恶人，替你出这口鸟气！"

天乘见他面容狰狞，咬牙切齿，更加害怕，连连摇头说："不要，鸦大叔你不要去。银瞳哥哥，你快劝劝鸦大叔，不要让他去杀人。就算是坏人，也不该杀……我没事了，我现在很好，以后再不回去宋府就是，千万不要杀人啊……你要去杀人，我就……我就再也不和你说话了……"

银瞳借机大声道："天乘妹妹说得没错！假如鸦大叔杀人，就同那些恶人一样，甚至比那些恶人更糟糕！天乘妹妹一定会心生惧意，从此对鸦大叔敬而远之，对不对？！"转而低声对鸦道，"我真该给你一面镜子，让你照照自己此刻的尊容。你现在简直比野兽更可怕！她只是个凡人，你想吓死她吗？！"

天乘揪紧了自己的衣襟，眼眶中还含着晶亮的泪珠，却连连点头，连手指骨节都因用力过猛而变白了。

鸦凝望了天乘好一会儿，痛苦纠结地紧闭上双眼，终于颓然坐倒在地上。

银瞳听见一条小蛇用极轻极轻的嘶嘶声嘀咕了一句："哎……到底还不是她呀……如果是她，就算主人杀掉全世界的人，她都不会害怕，只会一如既往地爱他……"

杀掉全世界的人？！银瞳吓了一跳，心想自己听错了。什么样的女人，会去义无反顾地深爱一个丧心病狂到杀掉全世界人的男人呢？鸦真的是这样丧心病狂的恐怖魔神么？开玩笑吧。连帝释天都没这能耐。

翌日，从山洞里走出来，面对湛蓝的天空，在秋日艳阳下遍山苍翠的松林，银瞳深深呼吸了一口新鲜空气，伸展开臂膀笑着对天乘大声呐喊："天乘妹妹，我宣布，从今天起，你完全自由啦！从此想去哪里就去哪里，想玩什么就玩什么，我和鸦会一直陪伴着你，直到你变成一个白发苍苍的老婆婆，我们还是把你捧在手心里当作宝。"

天乘被她逗得"扑哧"一声笑起来，拿衣袖遮着粉颊娇声道："银瞳哥哥好会说笑啦，等我变成一个老婆婆，一定满脸的皱纹，牙齿也掉

光啦，嘴巴歪到一边，眼睛看不清楚，手脚也不利索了，又丑又麻烦，你们哪里还会把我当成宝哪，嫌弃我都怕来不及呢。"

"不会的不会的，天乘妹妹美若天仙、绝非凡人，就算到了七十岁、八十岁……一百岁，也一定是个美貌慈祥的老奶奶。每个走在路上的老伯伯望见了你，都会垂涎欲滴，连自己姓什么都忘记了。"

天乘忍不住笑道："一百岁的老伯伯，自己姓什么，真可能都记不起来啦。"

银瞳是乾闼婆天人，人界的百年于她而言，不过是弹指一挥间。而对当时的凡人来说，能够平平安安地活到六七十岁就已算是颐养天年到了极致了。很多深闺中的千金小姐因为过于娇生惯养，大多体质柔弱，寿命相较于男子更是短促，能含饴弄孙的老奶奶都被尊为有福之人。因为生育孩子是一件需要烧香拜佛、求神保佑、生死攸关的大事，临盆对于那些身体孱弱的女子来说，实在是一道鬼门关。俗话说，女人生养头胎孩子，等于是一只脚踏在棺材里，随时都有可能回不来。银瞳其实挺高兴天乘这次婚没有结成。

银瞳伸左手揽住天乘肩膀，伸右手三指指向天道："苍天在上，我对天发誓，倘若天乘妹妹一百岁时不够美貌，就罚我每天吟诗唱歌给天乘妹妹听，或者每天讲一百个笑话给她听，保证让她笑口常开，女人只要经常笑，就一定会变美。"

天乘果然笑得花枝乱颤了："好的，每天一百个笑话，银瞳哥哥你到时候可不要耍赖哦。"

鸦望着她们欢笑，嘴角也漾起一抹微笑。但当他转目眺望向太白县所在的方向时，浓眉又紧蹙起来。

银瞳一瞥眼已把鸦的神色全部看在眼里，心想若不赶紧走，离得太白县越远越好，只怕鸦随时都可能会溜回到宋府去杀他家满门，到时候只怕是鸡犬不留。那些王八蛋死光倒也不打紧，只怕会增加鸦的罪业。于是对他高喊道："鸦，还不快过来，我们得商量一下下一站去哪里。天乘妹妹，你想不想去京城玩玩？"

　　"啊！听说京城很繁华的，有很多漂亮的房子和美味的食物。"天乘鼓起掌来，但旋即又低头道，"但我也很想念爹爹和弟弟们。我想回江南去……"说到这里，她不由踌躇地朝银瞳和鸦看了一眼，"银瞳哥哥，鸦大叔，我已经耽误你们很多宝贵时间了，你们也有自己的家人和重要的事情要做……"

　　"没事！没事！我俩都是闲云野鹤，出了名的是有大把大把无聊的时间，正愁没处打发呢，正好陪妹妹一起消遣。那么这样，我们的目标是护送天乘妹妹回到江南秀水庄，但沿途可以顺势找一些繁华大都城落脚，这样既不耽误妹妹返程，又能带妹妹大开眼界。好，就这么愉快地决定了！启程，出发！"

　　三人小队再次踏上旅程，向京城的方向而去。沿途经过某处农庄时，银瞳用一块阿修罗魔神骸骨所化的晶莹剔透的绿宝石换了两匹马，同天乘一人乘骑一匹。鸦依旧背负着他黑黝黝脏兮兮的大背篓步行紧随。

　　走了十来天，踏上往来商贩络绎不绝的官道，距离京城已经不远。

　　入夜下榻在驿站小客栈中，等天乘睡下了，银瞳跑去敲响了鸦的房门，看见房内床铺依旧整齐，知道他从来不习惯柔软的床铺，只爱和衣睡在地上，只怕连睡在有屋顶的房子里都叫他憋闷，最好像野兽般卧在

星空下草丛中，或是蜷缩在黑暗洞穴的深处才对胃口。银瞳不由"啧啧啧啧"地摇头。

鸦冷然道："干吗？有事？"

银瞳皱着眉头，上上下下扫视着鸦那一身千年不变的丐帮帮主的装束，对他道："大哥，明儿个我们可就要进京城啦！人界天子脚下啊，遍地花红柳绿、流金淌银的。大哥您这身打扮，固然走的是个性路线，另类前卫，十分有型，具有一种睥睨天下、恍若无物的大自在精神——"

"但是。"嫌银瞳啰唆的鸦插话打断，替她说出那两个字来。

银瞳笑眯眯的，歪着头道："你怎么知道我要说'但是'两个字？我偏不说。嘻嘻——大哥你是魔神，自然不怕惊世骇俗，不过啊不过——有句话叫作'入乡随俗'，就算我们不是凡人，也总得装出点人样来。不然走在沉鱼落雁、闭月羞花的天乘妹妹身边，那是多么惊悚啊！来来来，小弟替你梳妆打扮一下……"

"滚——"鸦一挥袖口，银瞳就被他卷出门外，然后房门"砰"的一声关上了。

第二天早晨，勤快惯了的天乘不仅拜托客栈伙计准备早点，还自己帮厨娘生火熬粥。银瞳推开房门，就看见洗脸水已经打好在铜盆里放在门外地板上，就知道是细心体贴的天乘备下的。银瞳是天人，从不流汗生体垢，因而用不着任何洗漱，但也禁不住想，如果自己是个男子，能够娶到天乘这样又美貌又贤惠的娘子的话，也真是前世修来的福气。

银瞳用法术新变化了一套崭新的银线暗盘丝的纯白丝袍出来，悬挂上一条带流苏的月牙白的透亮宝石腰链，一头乌发纹丝不乱地束起发髻扎在白玉冠下，手摇桃花折扇迈步下楼去找天乘妹妹。俩人驻足在客栈前堂里，正用打趣调笑拉开一天新生活的开端，忽然脑后楼板轰然作响，一听那沉重的脚步声，就知道是鸦起床下楼来了。

银瞳和天乘一起转身抬头，没见鸦，却见一个陌生的青年男子挺拔轩昂地伫立在楼梯口，身穿一袭干干净净的黑色长袍，衬出一张剑眉星目、英气逼人的冷峻面孔，脸上没有一丝表情，只是目光扫视到天乘和银瞳身上时，才凝固停留下来。

银瞳和天乘微张着嘴，眯眼再三朝那男子看。你要说他不是鸦，实在想象不出世上还有哪个人有这样雄伟魁梧的身材。你要说他是鸦，蓬乱得荒坟枯草一样的冲天长发没有了，漆黑浓密的发丝全部梳起绾在黑色发巾下；几乎爬满大半张脸孔的髯须没有了，露出坚毅有力、线条硬朗的下巴；作为江湖捕蛇郎中必配装备的黑色大竹篓没有了，强健有力的右手里提着个古色古香的大号檀木箱……这怎么可能是鸦呢？然而他的眼睛确实是鸦的眼睛。黑得如同最深沉的长夜，望向心爱的女子时就会迸发出耀眼的星月光芒。

"原来鸦……大叔这么帅！"天乘吃惊地嚷道。现在她对于是否应该叫鸦为"大叔"感到犹豫了。因为眼前焕然一新的鸦虽然身材高大，但剃干净胡须之后的面貌看起来至多不过二十多岁。

这王八蛋鬼夜叉居然变得这么好看。银瞳撇嘴想着，突然发觉自己的心跳变得十分剧烈，脸上也像升起了两把火，又红又热。怎么回事？！哼，幻象！幻象而已！他是魔神，自然也能千变万化。就算变成全世界最好看的一只苍蝇也是小菜一碟。银瞳咬紧了自己的唇，故意大大咧咧地对鸦扬声喊道："早就让你剪头发刮胡子洗澡更衣了，就是懒惰、不听话。今天终于觉悟了啊你！"借此来掩饰自己急促的呼吸。

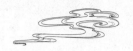

　　一边的天乘看了她一眼，奇怪地笑道："咦，银瞳哥哥，你的脸怎么这么红啊？好像很害羞的样子。"

　　从驿站出发，又赶了一整个白天的长路，傍晚时分刚好进入京城。银瞳用幻术制作的假过关通牒十分管用，向来通行无阻，她甚至对天乘拍胸脯说可以带她去皇宫里逛逛。天乘紧张万分地摆手道："不用了不用了，我看见皇帝会手足无措的。"银瞳嘻嘻一笑，"说得也是，皇帝老儿若是看见天乘妹妹这么美貌，一见之下一定就不让你走啦，一定要留你在宫里做皇后娘娘，那我和鸦可怎么办啊？"

　　在人界的大半年里，银瞳大部分时间就逗留在京城，虽然她不吃人间饮食，只于夜间流连在烟花柳巷里吸嗅女子香，白天里就四处闲逛，对各处吃喝玩乐的所在都了如指掌。一入京城，银瞳就摆出阔少的架势来，满口都是带卷舌音的京片子，在城门口雇了一辆带轿笼的马车给天乘坐，专门有个点头哈腰的车夫赶着。银瞳让鸦把那个檀木箱放到马车后座去，省得他背负着沉重，却被鸦一个冷酷的白眼给拒绝了。

　　你奶奶的，什么好宝贝，死都不肯脱手？难道是你八辈子祖宗的牌位吗？银瞳在心里暗骂，嘴上说："也好，那你就背着吧，也替牲口减轻点负担。"

　　银瞳指挥车夫把马车一路赶到京城最豪华地段的含光门街上，一处褐红墙、琉璃瓦的大府邸门前已经垂手恭立着四名仆从，正等候他们的到来。银瞳最初遇见天乘时就说自己是京城贵公子，再住客栈也实在不像话，前几天晚上，银瞳就趁天乘和鸦休憩之际偷偷飞来京城租赁下这处府邸，据说原来是当今朝廷一等伯爵大人家的府宅，出售给了某商户，眼下正空置着，银瞳就出资两千两银子借住一个月，还顺便雇了管家和仆从。银子自然也是先去了京城典当铺，拿宝石置换来的。

虽然太白县的宋府也有好几进院落，但怎能同京城里金碧辉煌的伯爵府相比？进到大宅，越是看见天乘四处环顾，满脸都是讶异惊喜的表情，银瞳心中就越是高兴，还故意皱起眉头来说："天乘妹妹，你多担待些啊，我原本的府邸比起这里来可要气派多啦，但是我嫌弃它老旧，正叫人在翻新，这里只是我家的一处别院，就先落个脚，随便休息一下算了。"

鸦走过扬扬得意的银瞳身边，头也不回、面无表情地低声说："你真厉害，以后我要叫你牛公子。"

"什么牛公子？"银瞳念了一句才反应过来鸦是在嘲笑他吹牛，立刻气得要死，把一双眼睛瞪得跟牛铃一样大，双手叉腰喊，"我还不是为了大家住得舒服？没良心的东西！你自己小心你的蛇尾巴吧！"

既然在京城豪华府邸里住下了，银瞳就天天带着天乘去吃馆子、逛集市、看花灯。鸦才不耐烦陪她们，一直闭门不出，闷在房里也不知道在干吗。

天乘这姑娘有孝心，玩了几天，没有一天不在牵挂江南的爹爹和弟弟的，看见有趣的走马灯，就说弟弟准保喜欢，尝到又香又糯的驴打滚，就说爹一定爱吃。银瞳专门带着两个仆从一起出街，只要天乘看中的，

银瞳就立即掏出银两买下来，让仆从提着。到后来，天乘已经不敢看任何东西了，只要她的目光停留在某样东西上面超过眨两次眼的时间，银瞳就会把那样东西买下来。一次甚至买了一尊石狮子。伯爵府里堆满各色礼品，天乘死活不肯上街了，说要赶紧回江南去，她是怕再待久了，银瞳哥哥连半个京城都要买下来。银瞳没奈何只能答应近日就启程，吩咐仆从开始把礼品物项都打包起来。

晚饭时分，天乘出府门去给街对面的两个叫花子送热腾腾的饭菜，听见路边两个大妈边走边说："德庆寺的弥勒佛可灵验啦，明天是新月初一，我们赶早起来去上香拜拜吧，求神佛保佑全家人平平安安……"

天乘听了这话，不由心里一动，回到伯爵府后，就挺不好意思地询问银瞳能否带她去德庆寺烧香，她也想祈求神佛保佑爹爹和弟弟们安好。既然可以推迟一天再走，银瞳自然是举双手赞成，高兴地说："好啊，好啊，我们去烧香，我也正好好久没去庙里了。"

其实她是从来没去过人界的庙宇寺院，借这个机会刚好进去瞧瞧。至于鸦么，据说寺庙里经常有护法金刚和药师十二神夜叉的泥木塑像，既然是同族中人，鸦若看见老熟人的形象被做成两丈多高、张牙舞爪地矗立在庙殿两旁，一定十分诡异。还是就自己和天乘俩人去吧。

第二天天还未亮，虔诚的天乘就起身烧水沐浴，自己梳洗妥当，把银瞳的洗澡水也都准备完毕，这才跑去敲银瞳的房门，喊她起床。

银瞳揉着眼问："天都还黑着呢，菩萨也要休息啊不是，我们起这么早干吗？"

天乘用哄小孩的口气微笑道："乖啦，快起来啦，拜佛不都要香汤沐浴、更换洁净素衣么？我都打听过啦，德庆寺距离这里路途不近，赶早不赶晚，银瞳哥哥乖啦，快起来。”

　　赶着马车来到京城边郊的承望山下，沿着石头台阶登高数十米进到德庆寺山门前，天乘和银瞳俩人吓一跳，没想到才五更天，寺庙山门前等候进香的信徒竟然就已经排起了长队。看来这德庆寺里的佛还果真十分灵验。听旁边信徒在交谈，说每个新月的初一和十五这里都是人山人海。

　　银瞳虽为乾闼婆族，隶属天界天人，但天人并不是神佛。天人属于天道，凡人属于人道，皆为六道众生，身处果报循环之中。而佛祖菩萨却是跳脱出六道轮回之外的至灵，天人有难时，也常常默念祷祝向神佛求助。天界虽然没有供奉神佛的寺庙，却有敬献给神佛的不同贡品。因陀罗族奉献的是光，乾闼婆族奉献的是香，龙族奉献的是甘霖雨露，紧那罗族奉献的是华美之舞……每一族天众都有特定的祭祀之日来向神佛致敬。以往在天界时，银瞳也曾参与过多次祭祀活动，但在人界向神佛进香，倒还是破天荒第一遭。

　　和尚开启了山门，信徒们有秩序地鱼贯入内。清晨的山野间云雾缭绕，香火的味道逐渐弥漫向整个寺院，做早课的和尚齐声唱念经文的语音和雄浑回响的撞钟声、木鱼敲击声融合在一起，倒也别致好听。

　　在未来佛大殿内，天乘跪拜在塑着金身、笑口常开的大肚弥勒佛座下，双手合十，双目紧闭，虔诚地低声默念着祷词。银瞳听见她说："……请菩萨保佑我爹爹身体健康、笑口常开、益寿延年、长命百岁，请菩萨保佑我弟弟们孝顺听话、乖乖念书、将来个个都有出息，光耀我家门楣，不辜负爹爹对他们的养育之恩。请菩萨再保佑银瞳哥哥心想事成，一生都幸福快乐，保佑鸦……以后性情温和，像银瞳哥哥那样无忧无虑、欢

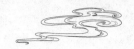

天喜地，不再郁郁寡欢、动不动就生气发火……"

银瞳深受感动。原来天乘早把鸦眉宇间的郁结之气看在眼里，记在心里了。而且天乘还如此诚心诚意地替她向神佛求祷，就紧接在爹爹和弟弟之后，完全把她当作是最亲近的人。而祷祝词里却一句都没有提及她自己，甚至都没有请菩萨保佑她未来拥有一段美好姻缘。这女孩不仅貌美体香，心地更是温柔善良。

银瞳取过蒲团前方的竹签筒，学着天乘的样子紧闭双目，默念着"请佛告诉我鸦和天乘会不会幸福地在一起？"边轻轻摇了几下，从竹筒里掉出一根签来，落在青砖地上。银瞳取起来，看见上面用黑笔写着"下下签，大凶"。银瞳心情大坏，把那根签塞回去，又重新闭目摇晃，连摇三次，居然每一次都是"下下签，大凶"。银瞳大怒，干脆把竹筒里所有的竹签都倾倒出来，一根根地查看，把所有带"凶"字的都拿走放在一边，然后再重新抽签。左右不少信徒都对银瞳侧目以对，连几个前排念经的和尚都睁开眼皱眉看着银瞳作怪。银瞳朝他们瞪眼，轻声骂："嘘！该干吗干吗去！少管我的事。"

此时旁边有人轻轻拽她袖子。银瞳扭头看时，只见身边的蒲团上缩头缩脑地跪拜着一个身材瘦小、面皮黑黄、痨病鬼模样的汉子，正边拽她袖子边小声道："少爷，少爷……"

银瞳十分嫌弃地把自己雪白的袖子从他枯瘦如柴、指甲灰黑的手中抽回来，料想是个讨饭的，接下去的话肯定是："少爷，少爷，菩萨在上，发发慈悲，给点铜板，赏口饭吃……"不等他说下去，银瞳就摸出一小块碎银丢给他，皱眉道："给你给你，离我远点，再和我说话就揍你哦。"

痨病鬼捡起银子揣进袖笼里，继续拉银瞳的袖子，整个人都谄媚无限地贴上来，像是要咬银瞳的耳朵，轻柔低声地道："少爷，少爷，我和你说呀……"银瞳大怒，正想伸出两根手指去戳这浑蛋的眼珠子，痨病鬼突然改口道，"银瞳小姐，银瞳仙姑，我真的有非常重要的事情要和你说呀……"

　　银瞳浑身抽紧，仿佛三伏天里有人从她头顶心倒了一盆冰凉彻骨的雪水下去，惊异地瞪目瞠视那痨病鬼汉子——这家伙明明是个凡人，他怎么就看穿了她天衣无缝的幻术，知道她不是"少爷"，而是"小姐"？还知道她不是凡人，而是"仙姑"？更知道她是银瞳？人界究竟是怎么了？！简直是乱了章法啊。

　　痨病鬼得意而神秘地抿嘴笑了，朝银瞳勾了勾手指道："银瞳仙姑，跟我来呀……"

　　银瞳对天乘说家里装修房子遇上了点事儿，派小厮前来汇报工作，让天乘继续在殿堂里好好叩拜弥勒佛，不要走开，她自己就跟着那神经兮兮的痨病鬼走向寺庙庭院。

　　来到庭院角落一棵参天的银杏树下，痨病鬼十分巴结地用袖子抹干净石桌石凳上的一点微尘，既亲热又妖媚地对银瞳拱手道："小姐坐，请坐。"

银瞳冷哼了一声，哪里肯坐，虎起脸看着他："有话快说，有屁快放！你究竟是人是鬼？"

"好，好。银瞳小姐是爽快人，我也就不绕弯子啦，我是人呀。"痨病鬼贼兮兮地眯眼笑着，"小的贱名叫作劳云兔，师从崂山天鱼真人，是专门降魔除妖的修道中人。"

"你觉得我是妖吗？你跑到庙里来鬼鬼祟祟猫在我身边，想要降我除我？！"银瞳气不打一处来，翻了个巨大的白眼。从没看见过一个修道人的形容举止会如此猥琐，凡是有点儿道行的，总是气魄不凡、正义浩然，哪像眼前这家伙，点头哈腰，一脸恨不能趴在地上舔主人鞋子的德行，一定是个刚入门的旁门左道之士，就算学会些小法门，能辨别六道众生，也一定没什么真本事，遂冷笑道："嘿，你倒是试试看！"

劳云兔像是受了冤枉责怪银瞳，又像是撒娇似的噘嘴道："银瞳小姐怎么说这话哪。银瞳小姐是仙，我辈能得见一番天颜都是八辈子修来的福气，哪里敢有什么降啊除啊的念头。我是好心好意来提醒仙姑的，一定要小心……"说到这里，劳云兔绿豆样的小眼睛闪了闪精光，朝大雄宝殿的方向飘去一眼。

银瞳见他视线是往天乘所在之处望去，伸手就给了他一个爆栗："你敢说天乘妹妹是妖？你想死啊？"

劳云兔抱着脑袋，哭丧着脸摇头道："不是不是，我很尊重仙姑，仙姑您不要欺负我啦……"

银瞳见他的确很好欺负，大为满意，叉腰训斥道："那你来干吗——"突然一转念，想到了夜叉鸦。

劳云兔见她脸上神色迟疑，立刻竖起一掌遮嘴挡音，凑近银瞳道：

"仙姑您想得没错，和您在一起的那个鸦，可不是好人啊！"

银瞳想也不想，先举手敲了十几个爆栗上去再说："什么不是好人？我看你才不像人。他是夜叉族，当然不是人了。你敢说我朋友坏话，你想死想疯了啊？"

"不是不是！我是不想银瞳仙姑很宝贝的天乘姑娘死啊！"劳云兔双手抱头，带着哭腔情真意切地喊。

银瞳停住了手，猛然抽冷子踢了劳云兔一脚，"你去死吧！你才会死呢！天乘姑娘和我和鸦在一起，再安全也没有了，谁都休想动她一根汗毛。你这个鬼道士给我滚得远远的，当心我废了你的修行。"

"仙姑，您听我说。那鸦乃是夜叉族史无前例的最凶恶鬼，我们崂山天虎门从开山鼻祖金鱼真人开始就铆上他啦，金鱼真人被他掐死后，嫡传弟子白兔居士率领众徒弟宣誓与恶鬼血战到底。后来白兔居士被那恶鬼活活踩死之后，大徒弟红鱼大仙继位领导大家加紧修炼、神功日进千里，但终究还是不敌凶残的恶鬼，在西疆边陲被那夜叉鸦一口腥风吹得四分五裂。红鱼大仙的大弟子黑兔先生——"

"行了行了，打住打住！"银瞳赏了劳云兔一记手刀，又气又好笑道，"你烦不烦啊？我可没工夫听你瞎扯。什么金鱼真人、白兔居士、红鱼大仙、黑兔先生……反正你们天虎门里的名号不是兔子就是鱼类，每轮还变换不同颜色。掐死、踩死、吹死……你们这伙动物斗士还有更惨的死法没有？"

"有的……黑兔先生是被蚊子叮死的……在设下埋伏圈想围剿恶鬼时，趴在草丛中几天几夜不动弹，后来被一只毒蚊子咬了……"劳云兔怯生生地举手补充，"后面还有很多……几千年啦，我们天虎门从声势

浩荡的一大宗派逐渐凋零到现今，只剩下我一个人了，我还没收到徒弟哪……"

"那你也赶紧去死吧！"银瞳笑骂，"你会被我骂死，这样你们就绝种了。你们天虎门简直就是个天大的笑话。你奶奶的，你们吃饱了撑得慌啊？全天下那么多妖魔鬼怪，干吗老铆着鸦？他几千年前没把你们斩草除根就已经算是脾气很好啦。快滚蛋！再让我瞧见你，就把你放进锅里涮死。"银瞳说完，也不再去搭理这疯道士，转身就走。

劳云兔却阴魂不散地扑上来，扭捏着身子道："银瞳仙姑，您若不想天乘姑娘惨遭那恶鬼的毒手的话，就听我一句劝，尽快带着天乘姑娘远走高飞吧！"

银瞳唰地旋转身，怒道："胡说八道什么？你知不知道，这世界上最深爱天乘、最不可能让她受到一丁点伤害、哪怕自己粉身碎骨都要守卫天乘安全的，只可能是夜叉鸦啊！"

劳云兔一点也没有被银瞳的愤怒所吓倒，频频摇头道："仙姑有所不知，为什么我们天虎门要誓死与这恶鬼为敌，除了报杀师之仇、雪洗前耻以外，最重要的原因是替天行道、除妖斩魔、匡扶正义！那夜叉鸦几千年来已经杀死了几百个如天乘一般美丽可爱、花骨朵一般的姑娘呢！"

"你放屁。"银瞳被这个讨嫌的疯道士纠缠得连怒气也没了，淡然道。

"我没放屁。"劳云兔表情肃然，但摆在他那獐头鼠目的面孔上，只显得搞笑，很不专业，"那恶鬼专事寻找杀害凡间女子，他是不是随身携带着一个漆黑的大竹篓？片刻都不离身的？你一定没有看过那竹篓里有什么。他把那些女子的尸骸都藏在里面了，沉重无比。除了他以外没人能提得动。不信你试试。"

"几千年来几百个女子的尸骸藏在一个竹篓里？你倒是给我藏藏看！就算你们天虎门的狗道士个个都瘦得像你这么皮包骨头、痨病鬼般，也藏不进十个去。你病得不轻，赶紧回崂山治疗去吧！快给我滚！"银瞳趁着周围无人注意，边骂边提起脚来朝劳云兔屁股上踢了一脚。劳云兔被踢飞了起来，腾云驾雾般朝寺庙门外飞出去，他惊慌失措地在半空中挥舞四肢，还翻滚着筋斗，惊声尖叫。

银瞳的心情这才好了一点儿，哈哈大笑。

劳云兔"嗵"的一声落到了寺院围墙外面，围墙外不远处乃是陡峭山坡，他去势不减地一路滚下山坡去，却还扯着嗓子对银瞳喊："仙姑——他真的是恶鬼——哎哟——恶鬼啊——哇啦——什么东西戳到我胸啦——妈呀——痛死我啦……"声音渐渐去得远了，终于不可闻见。

启程离开京城时，银瞳、天乘和鸦的三人小队已经扩展成由三十三辆驴车、六十六名护卫组成的庞大车队——银瞳在京城一地就采办了诸多礼品给天乘带回秀水庄去，光看目前的载重情形，就已经是累赘得不行，银瞳原本还想带着天乘去逛其他好地方的计划破灭了。

实在是嫌车队驴多人杂走得慢，而且这么多双眼睛看着、这么多双耳朵竖起来听着，讲话行事都诸多不便，银瞳决定和车队分开走，命一

名管家带队，监护着车队从陆路前往江南，而她、天乘和鸦三人则在京津卫码头雇了条双层楼阁的气派大船，沿着大运河走水路一直南下。

终于又恢复了三人相处的好时光，银瞳的心却像运河波光粼粼的水面般，不时被艄公手中的船桨划出一圈圈的涟漪——只要一看到鸦所提着的那个锁闭得严严实实的大檀木箱子，银瞳的耳畔就会回响起劳云兔如同夜枭般的尖厉话语声："……那恶鬼专事寻找杀害凡间女子，他是不是随身携带着一个漆黑大竹篓？片刻不离身？他把那些女子的尸骸都藏在里面了，沉重无比……除了他以外没人能提得动……"

银瞳知道那檀木箱子就是由漆黑大竹篓变化而成。虽然那天她当面驳斥道士说一个竹篓哪里藏得下几百个女子的尸骸，其实心里也清楚，以鸦的法术，别说藏几百具尸骸，就算藏一座城池在竹篓里，也并非不可能……不对不对！自己的脑子都被那疯道士给弄糊涂了。鸦怎么会是专事寻找杀害凡间女子的恶鬼呢？他明明就对天乘爱恋至深啊。虽然这份爱恋来得莫名其妙，毫无道理，但温柔呵护之情简直已经浓烈到了令人羡慕嫉妒恨的地步。

一面这样想着，银瞳一面还是不由自主地想去掂掂那檀木箱的分量。

自从登上船那日起，银瞳就一直在找机会想看看箱子里到底藏了些什么。只是鸦很少走出自己的舱房，就算出来透气时也总是亲手提着那檀木箱，果真是片刻不离身，那箱子就像是长在他身上的肢体一般。银瞳心中又疑又怒，又因解不开这个闷葫芦谜题而着急，真恨鸦是夜叉族不是凡人，凡人总该有个喝水上厕所的时间吧，上厕所总不能也扛着箱子去吧！但鸦就是不喝水不上厕所，就是让银瞳无机可乘。

有两次，银瞳在船头甲板上看见鸦独自对着滔滔江水出神，银瞳立即又着腰扶着额头，装出晕船的样子，跌跌撞撞直朝鸦冲去，嘴里叫着"啊哟啊哟，风浪好大，站不稳哪！"然后整个人都扑向他的檀木箱。还未等银瞳扑到，鸦已经伸出一条臂膀来朝银瞳一晃，随后银瞳就发现自己的双脚被钉在甲板上半步移动不了，就算船翻个底朝天，她也会倒悬在那里。混账王八蛋竟然对她下了定身咒，还一脸"不要客气，我随时都会帮助你"的表情，微笑着摇着头，施施然地提着檀木箱从银瞳身边擦身而过。

银瞳气得几乎要一口血吐在江水里。但自从剪了头发剃了胡须后，鸦伟岸俊朗，不像以前那么邋遢到面目可憎，银瞳恨他不起来，也就不在他舱房地板上撒钉子来报复了。

气人的事情就莫要提了，好在天乘倒是开心得很。因为这是她头一次坐这么大的船。以前在江南水乡，也曾随着捕鱼人的小船儿下到河塘里去捉鱼采莲蓬，但那种都是只能搭乘两三人的小舢板，如果加了顶挡风遮雨的乌篷就已经算是极致了。而这次银瞳租的是一条长十丈、宽三丈的大楼船，甲板以下有两层船舱，甲板以上有两层楼阁，舱房就同客栈上房一般宽敞，桌椅床榻无一不是雕刻精致的花梨木，都用脚钉固定在地板上防止风浪来时船身倾斜滑移。但其实这运河之上水面宽阔，大部分时间都风平浪静，行舟如同步履平地，若不是窗栅外或秀丽或险峻的两岸江景缓缓朝后掠去，甚至感觉不到船在移动。

天乘爱极了这次航行，一会儿拉着银瞳望山看水，笑闹评说一番，一会儿跑去托着腮帮子看船主掌舵，听他讲发生在航运途中的各类奇闻逸事。她甚至还缠着鸦唱歌给她听！鸦没唱，但微笑着看着天乘。

透过二楼窗栅，看着魁梧得如同熊一般的鸦和娇小玲珑、小鸟般雀

跃着的天乘并肩站在船头甲板上，鸦微微弓着脊背来迁就天乘的身高，柔声细语地和她说话，从来不会不耐烦，不会冷然傲视，总是小心翼翼地提醒天乘不要从栏杆边扑出身去，小心脚下有水地滑，绝不会把定身咒这样粗暴的法术施加在她身上。

银瞳内心五味陈杂，既为身世坎坷、历经波折的天乘得到魔神的宠溺感到高兴，又因鸦如此偏爱凡人天乘却对自己横眉冷目感到酸楚伤心，转念又想起那悬而未决的疑案——关于鸦是否是专门寻找杀害凡间少女的恶鬼，银瞳的心脏就不由得被一只看不见的冷手捏紧——假如鸦真的是劳云兔所说的恶鬼，那么这几个月来鸦对天乘的宠溺就都是卑劣的伪装，自己一定要守护天乘安全。

死死盯视着鸦身边斜靠在船桅杆上的檀木箱，银瞳皱紧了眉头，一定要想办法搞清楚里面有些什么。

这天傍晚时分起，船夫们就在船主调度之下忙碌起来。挂灯笼的挂灯笼，搬香炉的搬香炉，摆斋案的摆斋案，伙房里还在生火和面发酵包包子。

银瞳好奇地看着凡人们忙进忙出，问伙房大师傅："你在做什么？"

"做'豆泥骨朵'呀！"大师傅笑嘻嘻地，又奔进伙房去了，"晚上公子多吃几个啊！"

"'剁你骨头'？干吗这么狠？"银瞳莫名万分。

　　"'豆泥骨朵'就是拿红小豆剁了泥作馅料，放蒸笼隔水蒸出来的红豆沙包子呀。"天乘笑嘻嘻地从船舷边跳出来，拍着手帮银瞳解答，"银瞳哥哥怎么会不知道呢？今天是十月十五下元节，豆泥骨朵是节令食物呢。大家也都在忙着下元节祭祀的活儿，船上规矩大，我们也插不上手，就看看热闹吧！"

　　"噢对，今天是十月十五下元节，我和天乘妹妹在一起，过十年就如同过一天一般，开心糊涂得连日子都记不清了。而且那个大师傅口音太重，什么'剁你骨头''剁你骨头'，我还以为他们要烧骨头汤呢。"

　　银瞳伸出手臂搂住天乘的肩膀，一起仰头望向初冬暮色浓重的天空，"难怪今晚月亮这么圆。真是花好月圆夜，天涯共此时。天乘妹妹，我来考考你，你知道什么是下元节么？"其实银瞳不知道什么是下元节。她在人界游历的时日毕竟不长，只知道新年春节、元宵节、中秋节之类。

　　"我当然知道啦，正月十五是上元节，就是元宵节，专拜天官请赐福。七月十五是中元节，专祀地官求赦罪。十月十五就是每年最后的一个月亮节，月圆之夜，大家都要祭祀亡灵先祖，祈求下元水官解除厄运。在我们秀水庄，有钱人家会请法师来做道场，全家持斋诵经。手头拮据的农户就在田埂上插香拜水官啦。"天乘像个乖学生般流利地答完题，眨巴着大眼睛老老实实看着银瞳，"其实我从来没吃过'豆泥骨朵'，全是听船主伯伯说的，他说可好吃啦，又香又甜，软软糯糯的……"

　　"好，你就多吃几个，我那份都省给你吃。我在京城里每年下元节都要吃百八十个呢。"银瞳笑眯眯地随口胡诌，一边揽着天乘沿着船舷走向船头，看两名船夫正在桅杆顶上挂三盏天灯，灯笼皮上分别写着"天

地水府""风调雨顺""消灾降福"的字样。

"船主伯伯说啦,他们是靠江河吃饭的,这下元水官就等于是再生父母,一定要好好祭拜求福才行。"

银瞳朝二楼鸦所在的舱房瞥了一眼,知道他又抱着宝贝檀木箱窝在里面盘踞不出了,银瞳突然眉头一皱,计上心来,边说"我们过去看看",边牵着天乘的手走向船头。银瞳对着那盏"消灾降福"的红灯笼遥遥吹了口气,江面上就突然卷起一阵狂风,把船夫手中握着的杆子吹断了,红灯笼像长了翅膀似的直飞入江水中去。众船夫都是一愣,随即扑到栏杆边去看,纷纷乱乱地找长竹竿去钩灯笼。因为这可是重要的祭祀活动,"消灾降福"天灯掉入水中,实在不是个好兆头,深怕下元水官降罪。

天乘也甩脱了银瞳的手,跟着奔去船舷边凑热闹。

银瞳扯着嗓子对着鸦的窗口断断续续地高喊:"不好啦……天乘啊……小心啊……掉进河里啦!"

果然不出所料,只见原来紧闭着的窗户猛然被推开,同时一团黑影从窗户里飞出来往船头去。银瞳就知道鸦上当了。她"嘿嘿"一笑,只一扭身,就已经站进了鸦的舱房。等鸦搞清楚状况,一定还会被天乘拖着说上几句话,时间足够了。

急着出去救天乘的鸦果然忙中疏忽漏下了檀木箱在舱房中央,非常触目地横躺在地上。银瞳快步走过去,试着握住箱子的把手把它提起来,一试之下竟然提不动!银瞳是乾闼婆族,并非普通凡人,法力充足的情况下,双手亦有千钧之力。她和天乘在一起,天天都有源源不断的妙极体香来源,法力自是充沛得无以复加。而此时竟然提不动一个木箱,不禁为之一惊。银瞳放下把手,改为双手去推。檀木箱竟然还是纹丝不动,就像是长在地板上的一块磐石。

银瞳越发惊疑不定，摸索着箱盖，想看看锁扣在哪里，能否打开。但那锁扣却是个假货，只是用来作装饰的，连箱盖下的那道缝隙都是浅浅雕刻在表面的一条伪装线。这个檀木箱纯然就是整块原木，无处可以开启。这必然是鸦施下的法术，就算是竹篓时，别看表面到处都是孔洞，但也定是没有秘诀就无法打开。

银瞳心急忙乱又是敲又是打，就差要上牙去咬了，突然听得窗栅一响，一阵凉风扑面而来，抬头时看见鸦已经顶天立地地站在自己跟前。船舱毕竟低矮，他头顶碰着了天花板，逆着光黑着脸，面无表情地俯瞰着银瞳："哼，只不过是灯笼掉进河里了……喂，你在干吗？"

银瞳赶紧站起身来，扑闪着大眼睛，掏心掏肺地道："有老鼠！老鼠啊！刚才我走过厨房，看见好大一只老鼠叼了只豆沙包子蹿进你房里来，好像钻进箱子里去啦。我怕它咬坏你箱子里的宝贝，或是在里面拉屎拉尿，弄得好不恶心，正想赶紧捉它出来。"

鸦没有说话，就伫立在那里对着银瞳看了一会儿。他的眼睛仿佛黑暗中的两团磷火，闪烁着难以捉摸的高深莫测的微光。正在银瞳后背阵阵发凉之际，鸦跨前一步来，轻轻松松提起了檀木箱，扭头看了看窗外江面上的粼粼月光，沉声道："你好好看护天乘，我出去一下。"话音未落，人已经消失不见。银瞳扑到窗边，只见一团黑影迅捷无比地飞掠过江面，径直往岸上去了。

银瞳来不及细思量，打个响指，化身成一缕淡淡青烟，悄悄地紧随跟上。

　　驾驭着清风，银瞳尾随鸦飞行过大片大片的农田，一路看见圆月的光芒在河塘水面上闪耀，如果不是满心猜疑，又怕跟丢了前方的鸦，这静谧的景色实在是美得令人屏息，真该驻足下来观赏一番。鸦究竟要去哪里？他提着那么沉重的檀木箱竟然还轻快得像一道黑色闪电，果然不负夜叉族迅捷鬼之名。

　　飞跃过几重山峦，深入到了一处野岭，鸦终于在山林间一大块半人多高的草甸上落了地，扛着檀木箱，分开沙沙作响的草叶，慢慢走到草甸中央。银瞳变作的青烟缠绕上草甸旁的一棵大树，藏身在茂密的枝叶间，远远俯视着前方鸦的一举一动。

　　只见鸦把檀木箱轻轻放倒在草甸丛中，草丛被压得倒伏下去，空出了一块长方形的痕迹。鸦长久地注视着被圆月光芒映照着的檀木箱，然后慢慢扑下身子去。他这是打算在这里露营睡觉吗？银瞳皱着眉头想。很快，就看见鸦重新站起身来，此时他已经恢复了衣衫褴褛、满头芒草般乱发的模样——他把修饰外形的法术给收走了。他这是打算要干吗？真是令人费解。

　　然后银瞳就听见了鸦的歌声。起先还以为是风吹过草甸和树叶发出的声音。歌声如同彩云和明月般浑然天成，也像海浪拍打礁石般充满了原始激烈的力量。听不懂他在吟唱些什么，只觉得低沉处雄浑得如同脚下生长万物的厚土，激越时又如同一条金色游龙穿透了云层直达天穹急速飞行。那歌声不是用悦耳所能形容的，而是天籁之音，即便不能被人所理解，也有其独特傲然的美感。

身为天界乐师一族的乾闼婆族本就精于音律，能演奏三十三天中最美妙难言的音乐。银瞳虽然从来都偷懒疏于琴艺修学，但好歹也听闻过不少高端大气的演奏，然而此刻鸦的歌声却比所有那些音律都更叫人血脉贲张、蚀魂夺魄，能叫人把什么都忘却了，只想追随他歌声中的那条金色游龙，紧紧握住龙角，让它带着自己遨游过五湖四海、天宫人间……哪怕一直前往地狱也无妨。

接着，银瞳看见鸦随着自己的歌声翩翩起舞。是的，鸦居然在跳舞！

这样的舞蹈无论在天界还是在人界，银瞳都从未看见过。即便是被誉为天界舞艺第一的紧那罗族天人也不曾跳出过这般的舞蹈。他的舞步古怪奇特，粗野放荡，近乎入魔般地摇摆、跃动，完全不合理，不可思议，却又充满了一种离奇的魅力，牢牢吸引着银瞳的视线难以移开。

群蛇纷纷从他的黑色斗篷下游出，四散在草甸中蜿蜒旋转，每一条小蛇都舞动出一股旋风，搅动得整片草甸都像具有了意识一般波动起伏。

鸦再度伏身向檀木箱，明晃晃的月光照耀下，银瞳清清楚楚地看见他的双手整个地探入到了那整块原木般的箱体之中，直没入到小臂，仿佛伸手入一潭黑幽幽的湖水中。当鸦再度抽出手臂来时，他的双手竟然拉起了一具白荧荧的骷髅！看那些纤细的骨骼，分明是一具女子的骷髅！鸦轻轻一扬手，骷髅滑向草甸一隅，仿佛有了生命似的滴溜溜地旋转起来。

正在银瞳大为吃惊之际，鸦又伸手进入檀木箱，快如闪电般再度拉了一具骷髅出来……只不过一炷香的工夫，他就已经从檀木箱中拉扯出数百具雪白完整的骸骨，每一具骷髅都站在草甸一个位置，随着鸦的歌声摇摆旋转。

在数百具女子的骷髅的包围之中，夜叉鸦的歌声越来越激昂狂放，舞姿越来越癫狂，他仰头对着圆月发出一声长啸，当啸声结束的时候，银瞳发现每一具女子骷髅的身边都出现了一个鸦！每一个鸦都掌控着一具骷髅，骷髅如同牵线木偶般在鸦的带动下整齐划一地举手抬足，成双成对地起舞。整片草甸都沸腾了！眼前的情景说不出地诡异，不知道是不是错觉，银瞳甚至看到那些骷髅在哀怨微笑，它们空洞的眼窝在月光下漆黑如墨，以一种不可测的表情瞪着同自己跳舞的鸦……

正在银瞳惊疑不定、浑身都微微颤抖之际，突然耳畔传来一个人窸窸窣窣的低语声："……银瞳小姐，银瞳仙姑……现在你终于相信我说的话了吧……我真的没有骗你呀……"

银瞳猛转身，万分惊愕地发现一个身上缠满了绷带的家伙手足并用地攀爬在自己身边的树枝上，不是劳云兔还能有谁？这家伙到底是人是鬼？自己怎么会完全没有察觉他的出现？而且他还不停地随风晃动着树枝，阴森森、笑嘻嘻地靠近过来，讲话时热烘烘的口气都已经喷到自己脸庞边了。

"你想干吗？！你是死了吗？！"银瞳压低声音喝问，同时伸手去他额头上重重一推。

"啊哟哟——"劳云兔被银瞳推得朝后摆去，还差点从树枝上松脱掉下来，口中连连低叫着，"银瞳仙姑，我是人呀！我当然没死呀。上次仙姑把我从寺庙里一脚踢出去，原是小的讨人嫌，难怪仙姑生气。又是小的笨手笨脚，竟然自己一不小心从山坡上滚了下去，被树枝刮得遍体鳞伤，这才拿绷带包了起来，现在还吓着了仙姑，都是小的不好，该死，该死。"他愁眉苦脸，还轻轻伸手拍了自己的脸颊两下。

银瞳刚刚一推他额头，触手之处发觉对方有实体、有体温，应该不是鬼魂，这才放下心来，怒道："你干吗神不知鬼不觉地突然出现在这里？想吓死我吗？你要干吗？"

劳云兔朝草甸中那几百个正同骷髅相伴起舞的鸦努了努嘴："我说那恶鬼杀了几百个女子，把尸骸藏在竹篓里没错吧？仙姑是天人，神力护体，百鬼难侵。我是担心天乘姑娘迟早会遭恶鬼的毒手，所以千里迢迢忍着浑身伤痛跑来向仙姑告急啊……仙姑啊，您若再不采取些保护措施，天乘姑娘很快就要变成那几百个骷髅中的一员啦……每尊魔神都有自己修炼的独门秘技，例如乾闼婆食香，迦楼罗食龙，而夜叉则食人精气。这恶鬼鸦虽不吃活物血肉，却以女子尸骸作为灵修要物，每逢上元、中元和下元三天的夜晚，都要在圆月之下取气修炼。仙姑您是亲眼目睹，事实就在眼前——"

银瞳瞪着劳云兔，一时说不出话来，过了良久道："你说什么保护措施？"

劳云兔如释重负地一笑，摸索了半天，从绷带深处掏出两个小小锦囊："仙姑，我是凡人，自然不能和仙姑的天人神力相比，但六道众生各有各的法门。同恶鬼搏斗了几千年，我们崂山天虎门还是研制出了一些克制厉鬼、不让他胡乱作恶的法宝的。这是'天蚕囊'，请仙姑同天乘姑娘一人一个佩戴在身上，无论什么时候都不要摘下。恶鬼难以发觉，他也无法加害你们。请仙姑先不要打草惊蛇，您若带着天乘姑娘逃跑，恶鬼一定会露出真面目，不惜一切代价地来追杀你们。请务必再坚持一阵子，我正加紧修炼密法，灵功一成就能收服恶鬼。"

银瞳看了看那两个锦囊，嗅到一股淡淡的兰花香，再转头望望草甸

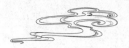

上那番疯狂的景象，终于慢慢伸出手去接下了锦囊。

黎明来临前，银瞳在自己的舱房里听见隔壁窗栅发出的轻微响声，知道鸦悄悄返回船上来了。

翌日起来，阳光明晃晃地照耀在江面和甲板上，虽是初冬却温暖和煦如同开春。天乘咯咯娇笑着告诉银瞳和鸦关于昨天打捞灯笼的经过。一切都恢复如常，昨晚月圆之夜发生的事如同一场诡异离奇的梦境。

银瞳偷偷瞥向鸦，此刻他已用幻术把自己打理得干净整齐，浓黑眉宇如剑，不动声色地沉默着，看起来毫无异样。谁能想到他手边横卧着的那个檀木箱里藏着数百具女子骷髅呢？银瞳满心酸楚地在心中低问：你果真是杀害女子、用尸骸修炼密法的厉鬼么？

鸦似乎感觉到了银瞳暗中灼灼的目光，突然把集中在天乘身上的视线转移过来，深深凝视了银瞳一眼。他的双目漆黑如墨，深不可测。银瞳赶紧歪头耸肩，朝他摆出一个故意藐视的笑容来。缩在袖笼里的手却不由自主地攥紧了掌心里的"天蚕囊"。而另一个"天蚕囊"，今天一清早就已经交给了天乘，说是小礼物，请她用丝线串起来挂在脖子上，永远不要摘下来。希望能够保护到她。

三人结伴前往江南的航程看似风平浪静地继续前行着。

过了十来天，大船顺利抵达杭州港埠，银瞳、天乘和鸦上岸后换乘马匹和马车前往秀水庄。

　　离开家乡不过数月，但对从小都没出过远门的天乘来说，已是阔别重返。一经踏上故乡的热土，看到熟悉的景物，她就欢喜激动，小脸儿绯红，麋鹿般黑亮的双目中跳动着兴奋喜悦的光芒，不时指着路边种种，用骄傲的口吻告诉银瞳和鸦："这一带的树木刚好是在我出生那一年种下的，现在都长这么高啦""那远处连绵起伏的小山是茶陵山，以前我经常带着弟弟们去山里捡柴火，捉知了""今年庄里的收成看起来不错呀，你们看好多家的打谷场上都堆满了晒干的谷壳"……她很得意自己对这里了如指掌，能够有很多有趣的故事可以讲给银瞳和鸦听，指给他们看她在这里成长的所有痕迹。

　　银瞳微笑看着她："马上就要回到家，见到你爹爹和弟弟们了，很开心吧？"

　　"嗯！超级开心。"天乘用力点点头，随后想了想，又低头蹙眉，长叹了一口气，伸出手轻轻拽住银瞳的衣袖，"……银瞳哥哥，但我舍不得你和鸦大叔啊。我很想家，很想快点和爹爹弟弟们团聚。但我又害怕回家。我怕一回到了家，你和鸦大叔就要走了……"说到这里，她抬起头来，眼神中充满了热切渴望，她没有说，但银瞳从她的目光中已经读懂了一切——她希望他们能长久地留下来，和她在一起。但她毕竟不是任性的孩童，而是个曾经做过新嫁娘的及笄少女，知道这绝不可能。银瞳和鸦都是堂堂的成年男子，他们以君子之礼、侠义之道护送她前往太白县远嫁成亲，亲事失败后又护送她返回江南故土，这份恩情已经深重得难以偿还。她又凭什么让他们留下来呢？

　　天乘那柔肠百转、热烈忧伤的眼神令银瞳微微心惊。这样的眼神，

她曾在很多青楼女子眼中看见过。那时她幻化成所有女子最梦幻、最倾慕的人界男子的形象，流连于烟花之地，博取着女子们掏心掏肺的爱慕之情，借以吸取她们身上醉人的体香味。此刻，天乘眼中的神情也同她们一模一样，只是她不会像那些女子一样说："公子，今晚不要走了，请留下来让贱妾陪你吧。哪怕只是一宿，贱妾也心满意足……"

天乘咬着花瓣一样的嘴唇，不能再看银瞳，当她移开视线，低下头去时，银瞳分明看见一滴晶莹的泪珠滚落在她的裙裾之上，洇开一小摊水渍。令天乘如此难过的是，银瞳从来没有表示过想娶她想和她在一起。她只当她是个天真不懂事的小妹妹，仅仅只是以保护者的姿态护送她前往任何她想去的地方。

银瞳忽然有点惊慌地意识到，天乘小妹妹恐怕是爱上自己了！可又不能告诉她，什么风流倜傥、俊逸非凡的年轻男子外形全是幻术造就，自己压根是个女的，而且还并非同道众生……这下麻烦可有点儿大了。

"呃，天乘妹妹，前面那个栽种着大柳树的村口，是不是你们秀水庄啊？"银瞳病急乱投医地遥指前方问，对于无法解决的问题，他只能采取避而远之的处理方法。

天乘也察觉到了银瞳的慌乱和躲避，显然是自己落花有意，但她却流水无情，心中十分难过。听她发问，就忍住满心酸楚，强打精神抬起头来，红着双眼望向银瞳所指的方向，喑哑着嗓音道："是的，银瞳哥哥，那里就是我出生长大的秀水庄啦……"

"太好了，把天乘妹妹毫发无损地交还给你爹爹，我们可就放心啦。从此往后，你跟着爹爹过安静快乐的日子。等护送礼品的马队来到庄里，你就有一大笔嫁妆了。哥哥我再留个几千上万两银子给你，保你全家吃穿不愁。忘记所有不愉快的事情，将来找个如意郎君，必须是深爱你，同时也是你所深爱的人才行……或者，就算不想找婆家也没关系，只要能自由自在地生活，就算独身一辈子也很好啊。"银瞳说这番话时，不由掺入了自己的心声。她本就是从天界逃婚出来的，自然把强制包办的婚姻看得如同牢笼一般。

天乘听她要自己去另找如意郎君，完全不解自己内心情意，再也不能装作没事的样子，顿时，大颗大颗的泪珠像断了线的珍珠似的从眼眶里滚落下来，当着银瞳的面就哭了起来："……银瞳哥哥，你真的很烦我了是不是……你巴不得我马上嫁人，好，我这就去嫁人，哪怕对方是傻子或坏人也没关系！"

银瞳见天乘哭成这样，越发手忙脚乱，鸦一声不吭地把一切都看在眼里，却顽固地沉默不语。

三个人哭的哭，劝的劝，默然的默然，慢慢走到了村口。大柳树下有几个孩子在玩泥巴，其中一个年纪稍大点儿的孩子站起身，直愣愣地看了天乘一会儿，用力一吸鼻子，把拖得老长的鼻涕缩了进去，放开喉咙大喊道："是老李头家的大闺女天乘！出嫁到外县去的天乘回来啦！"

"三宝，是三宝啊，还有大刚、金元和来福弟弟，你们好呀，是我回来啦。"见了庄里的孩童，天乘暂时收住了眼泪，一面亲热地招呼那些孩子，一面从马车上跳下身来，张开双臂朝他们跑去。

没想到，那些孩子竟然一哄而散，边扯着嗓子大喊："天乘回来啦！天乘回来啦！"边撒丫子飞快地跑进庄里去，一眨眼的工夫就连影子都看不见了。只留下天乘既尴尬又莫名地站在原地，扭头对银瞳和鸦讪讪

地道："他们和我弟弟年纪差不多，我是看着他们长大的，小时候还经常抱他们来着……大概是我出去了这几个月，他们认生了吧……"

"哼，这些不懂事的小鬼头，等公子我进村去逮住他们狠狠打他们的屁股，叫他们懂点礼貌。"银瞳一边说，一边大摇大摆地牵着马，向秀水庄里走去。这一次她却谨慎地不敢再去牵天乘的手了。

秀水庄里大概有几百户人家，一条秀水河顺流而下，成为农户们灌溉农田、开塘养鱼的鲜活水源。村户人家的屋子集中在两处小丘陵和山坳间，蜿蜒的小路沿着山坡盘旋而上，通向每家每户门前的篱笆小院，院子里有种着桑树的，也有怒放的菊花从篱笆墙里探出姜黄娇蕊来的。此时正是傍晚时分，各家屋顶上的烟囱里都有白色炊烟袅袅升起，空气里飘着扑鼻的米饭香气。江南的村庄果然秀美别致，别有一番韵味。

"我家就在那边山坡下，瞧见那棵绑着小红旗的大梨树没有？那就是我家的小院啦！"天乘雀跃着喊。

其实那棵梨树歪着脖子，树叶也都掉得干干净净，光秃秃的树枝干巴巴地直指天空，难看极了，而且从来都半死不活，没有结出过一颗能吃的梨子，全都是又酸又涩的僵梨子，连鸟雀都嫌弃不去啄食。但在此刻天乘的眼中看来，绑着小红旗的梨树美得无以复加。因为梨树下就是虽然简陋破败，却总是为她挡风遮雨的家。家里有爹爹和弟弟，她日日夜夜思念的亲人。

天乘满面笑容，加快了脚步，引着银瞳和鸦往家的方向赶去。

突然，从小路两边的茅舍里冲出不少村民来，天乘喜出望外，一一招呼他们道："二大伯、猫爷爷、土根叔叔……"她很快就招呼不下去了。因为那些乡亲脸上的神情都十分古怪，有的紧张恐惧，有的横眉怒目，而且个个手里都紧握着各种器械，有锄头，还有菜刀柴刀和镰刀，他们举着各种刀械，乱哄哄地大声对天乘呵斥着："快滚出去！快滚出我们村庄去！你这个妖怪！"

天乘被吓呆了，小脸红得像是要滴出血来，连声道："各位叔叔伯伯，我是天乘呀，不是妖怪。"

"少狡辩了！你这个披着人皮的妖怪。胆子真大啊，太阳还没下山竟然就敢来村里作怪了！"

"你根本不是天乘。天乘早就被你吃了吧。可怜的孩子哟……你这妖怪不得好死哟……"

"你们三个妖怪，休要再朝前走一步。告诉你们，我们已经去找法师来降你们啦，马上就把你们化为血水，叫你们死无葬身之地！不想死的话就快滚吧——"

"妖怪，快滚出我们村庄去——"

整个村庄都像是着了魔，越来越多的人蜂拥而至，手中举着火把和武器，还有人敲锣打鼓像是要驱逐吞吃月亮的天狗，或是点燃了辟邪赶年兽的红爆竹朝天乘、银瞳、鸦三人丢过来。

这些小玩意儿当然伤不了他们分毫。银瞳不想动用过于明显的法术而落下话柄，她伸臂阻拦住怒火中烧、随时可能爆发的鸦，低声道："别

动任何法术！你一用法术，不仅会惊着天乘，还会越发被村民们认定是妖怪。"鸦虽然气愤，但也竭力按捺下脾气来。于是他们只是微微改变那些爆竹落下的方向，在三人身体周围形成了一道看不见的隔空屏障，保护天乘不被伤到。

"各位请住手！请静一静！"银瞳高高举起双手，耐着性子用最为诚恳的声音呼喊道，"到底发生了什么事情，会让你们以为我们是妖怪？会让你们以为这位如花似玉、从小在村里长大的女孩是妖怪？她只不过离开了村庄才短短几个月，远嫁他方而已——"

一个长着酒糟红鼻子的秃头老头儿极有威势地咳嗽了几下，义正词严地厉声道："太白县府台大人已经派专人快马来报信，通告了整个乡里上下，说天乘姑娘在远嫁途中被妖怪掳走了，妖怪还化身成天乘的模样，去府台府里骚扰作乱，伤了很多人。厉鬼十分狡猾，叫我们务必要小心！"

"群叔，您是我们秀水庄的村长，也是李家族长，您是亲眼看着我长大的，我的这门亲事都是您给说定的，您可不能光是听信太白县来人的一面之词啊！"天乘急得泪水涟涟，"青天白日的，哪里会有什么妖怪？您若不信，尽可以上来摸摸我的手，看是冷的还是暖的，拿铜镜来照照，看倒影是不是我本人。我爹爹呢？我弟弟们呢？他们可绝对不会把我认作是妖怪——"

"哼，太白县府台大人早料到你们会狡辩，特别派了人证来协助我们辨认你们这群妖怪。"族长群叔扭头四顾，"太白县府台大人府上的关大爷和白大娘、王二妈妈在哪儿哪？请他们来了没有？"

"来了，来了！"一小撮人簇拥着一个头戴瓜皮帽、身穿毛领子长袍的男子匆匆赶来。银瞳、天乘和鸦定睛一看，原来是太白县宋府台家的管家。而站在他身后，膀阔腰粗的两名中年仆妇也不是别人，正是雪娘和云妈，一齐伸出手来指着天乘、银瞳和鸦尖叫道："妖怪！就是这三个妖怪！快放火烧死它们！"

一见到雪娘和云妈，可怕的记忆汹涌而来，天乘不由自主地想起了那叫她受尽折辱、差点魂飞魄散的洞房花烛夜，当即浑身颤抖，害怕地向后退缩，一直躲到了银瞳身后去，紧紧拽住了她的袖子，哭道："我不是妖怪……你们……你们不要再抓我了……"

"看！妖怪一见我们认出它们的真面目，恐慌了不是。"管家、雪娘和云妈三人本来都对银瞳和鸦深有惧意，但此时看他们面对满村人的吼叫、爆竹的攻击丝毫没有抵抗的意思，加上天乘颤抖成那样，不由胆壮起来，越发叫嚣道："狗血在哪里？快把狗血端过来！"

此时两个孩童从纷乱的人群里钻出身来，一面带着哭腔喊："姐姐，姐姐……"一面扑向天乘。见两个孩童朝妖怪冲去，村民们纷纷惊叫出声，但谁也不敢上前去拉。天乘立刻认出那是自己的两个弟弟，蹲下身把他们揽在怀里，悲喜交加地垂泪道："虎头、小龙，你们都还好吧？"

虎头和小龙抬起脸来目不转睛地望着天乘，"姐姐，大家都说你变成了妖怪，姐姐，那不是真的吧？"

天乘拼命摇头，"姐姐怎么会是妖怪呢？姐姐只是出嫁遇上了坏人，退了亲事回家来。"

小龙抱紧了天乘嘟嘴道："我就知道他们瞎说。不过，就算姐姐变成了妖怪，你也还是我的好姐姐。"

天乘抚摸着两个弟弟的脑袋，感动得说不出话来，过了一会儿又问：

"爹爹在哪里呢？"

虎头和小龙扭身朝人群里张望，此时天乘看见火把红艳艳的光焰下，爹爹正犹犹豫豫地伸出手来，才几个月不见，他的两鬓越发斑白了，脸上刻满了皱纹，看起来苍老了许多。天乘感到一阵心酸，还没开口叫"阿爹"，爹爹颤抖着手朝她拼命摇摆，小声喊："……天乘……就算你变成妖怪了，也请千万放过你两个弟弟啊……不要伤害他们……"

天乘目瞪口呆，整颗心都像秤砣一样沉到了海底。全村人听信不知道从何扯起的荒唐谣言，误以为她是妖怪倒也罢了，怎么连亲生的爹爹都不相信自己？那实在太令人寒心了。

天乘满眼含泪道："阿爹，我是天乘，我真的不是妖怪。我只是在出嫁的半路上被山贼掳掠了，好不容易逃出来，被京城银瞳公子和这位侠士鸦所救。他们护送我前往太白县成亲，没想到宋府台家蛮不讲理，硬说我和山贼做了一路。我不想嫁在这样的人家，不远千山万水地赶回来，就是想从此侍奉爹爹养老，照顾弟弟们长大，哪里都不去……为什么，为什么你……你和他们一起……要冤枉我是妖怪？"

天乘一手一个，牵起两个弟弟朝爹爹走去，那些村民全都吓得后退。此时有几个村民在关管家和族长群叔的指使下捧来了两大铜盆狗血，还冒着腥热气，眼见得是刚刚跑去杀狗取来的。

雪娘不放心地追问："是黑狗血么？一定要黑狗血，阳气旺，才能破除妖法。"

群叔点头道："当然了，我让这些后生小子宰掉了老梨头家的两条大黑狗，纯黑的，一丝白毛也没有。"

天乘一听这话就气得两眼发黑，虎头和小龙也都大哭起来。

老梨头就是天乘她爹，大黑和小黑就是天乘家养的两条看门狗。它们俩刚生下来不久，母亲墨墨就得病死了。全家人把这两条连眼都没怎么睁开的小崽一口米汤、一口奶喂养大。家里穷，吃不起肉，大黑小黑也跟着他们喝稀粥、啃骨头，从来不去别人家偷鸡偷肉吃，乖巧听话得很，虽然瘦弱，却很精神。现在居然在族长指使下被村民们一刀给杀了。

虎头和小龙捏起了小拳头，愤怒地朝群叔冲去，尖声喊叫着："还我们的大黑小黑来！"刚好被村民们拽住，淹没在人群之中，再也不能钻出来靠近姐姐。老梨头见两个儿子安全了，而且女儿天乘一如往日般温良娴静，根本不像是被妖灵附体的样子，哆嗦着嘴唇对村民们摆手："……那个，还是先听听天乘怎么说吧……也许是搞错了呢……"但他微弱的话语声被浪潮般的呼吼声给盖过去了。

村民们在关管家、雪娘和云妈的带领下振臂狂喝："快！快！快！趁现在快把狗血倒过去呀！"

两名村民闻言，高高捧起了铜盆，对准了天乘、银瞳和鸦站立的方向兜头兜脑地就泼洒过去。

众人都聚精会神地注视着天乘，等待着看到她浑身狗血淋漓、显出原形来的一瞬间。但两个村民连狗血带铜盆地泼过去后，狗血竟然一滴都没洒出来。只见铜盆在空中翻了好几个身，哐当一声，底儿朝天地砸

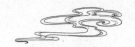

落在银瞳和鸦脚边。饶是如此，也没有一点儿血渍从盆沿渗出来。难道才一会儿工夫，狗血都凝结成冻豆腐了不成？

在众人匪夷所思之际，倒扣地上的铜盆突然飞了起来，盆内两摊狗血膨胀分化成几百条血柱，飞射而出，像红龙一般在空中呼啸飞翔，眼尖的人甚至瞧见那些血柱的前端真的变成龙头的样子，头顶插着枝状的长角，大大张开的口中喷吐着烈焰般的血沫……几百条血龙从空中俯冲下来，化为淋漓的血雨，倾洒得众人狗血浇头，头发眉毛、眼皮嘴唇全都被腥臭黏稠的狗血糊在一起，既恐怖又难看，要多难受有多难受。

鸦稳稳地踏前一步，站到天乘身边，他什么话都没有说，但那威武的身材、凶悍的架势就说明了一切。

银瞳叹了口气，摇头道："不是让你不要动用太过明显的法术吗，这下岂不是更加陷天乘于为难之地？"

果然，呆了半晌的村民们爆发出各种狼哭鬼号，大喊着："妖怪！果然是可怕的妖怪啊！""快逃命啊！妖怪连黑狗血都不怕，马上就要扑过来吃人啦！""法师……降妖的法师究竟在哪里啊……"有的抱头鼠窜、四散而逃，有的还挥动着火把，负隅顽抗，顿时庄里混乱成一片。

天乘仰起头，怔怔地看着身边擎天巨柱般的鸦，又转眼望望身后微微蹙眉的银瞳，嗫嚅道："……银瞳哥哥……鸦大叔……你们……"

"我们不是妖怪。"银瞳走上前来，轻轻拉住了天乘的手，"我是乾闼婆族天人，他是夜叉魔神一族。我们虽然都不是凡人，但却也不是什么妖怪。天乘妹妹，你千万不要害怕。"

天乘点了点头，挺起胸膛来："不，我一点不怕。"她伸出手拉住了鸦宽厚粗糙的手掌。鸦和银瞳感觉她小小的手掌温暖而坚定。天乘接着道："你们是神仙，是世界上最好最好的神仙，谢谢你们庇佑我这么久，天乘无以为报，今生今世感激不尽，希望来生来世能偿还神仙的恩情。"在这短短的一刹那间，他们三人心意相通、暖流涌动，周遭奔走逃亡的人群犹如狂风掀起的海浪，而他们就伫立在滔天的海潮之间，坚不可摧，不可撼动。

银瞳正凝视着天乘一双点漆般的妙目，满心感动地微微笑，突然感到后脖颈一凉，随后传来一阵剧痛。银瞳扭过头，眼角余光瞥见一个白眉长垂，形容枯槁，身披黄色袈裟的老喇嘛正站在自己身后，用鹰爪般的指掌牢牢拿住了自己的颈椎，五根手指直没入皮肤肌肉，插在她骨骼之上。银瞳惊骇得连喊都喊不出声来。同鸦、天乘在一起这么久，追捕者连个影子都不见，她早就把这克星给忘记了——达玛法王！他果然还活着，还追踪到了这里！

银瞳浑身的真气源源不断地被吸走，她的幻术也无法再继续维持，天乘万分惊异地看着银瞳从一个俊朗非凡的青年公子蜕变成一个满面痛苦神色的妙龄少女，浑身瘫软，几乎就要倒在地上。天乘花容失色，惊慌失措地喊："银瞳……哥哥……你……你怎么了？怎么变成这样……"

一边的鸦见此异状，大喝一声，一手拽过银瞳来，另一手横切一掌砍中了达玛法王的臂膀。达玛法王吃痛，松开了紧抓着银瞳的手，跌跌撞撞地后退几步。鸦伸出双手，把虚脱的银瞳横抱在臂弯中。鸦抬头凝神望着达玛法王，感到满心疑惑。以自己刚才那一掌，不要说是一个老喇嘛的手臂了，就算是整座泰山，也会被劈开一半去。怎么老喇嘛只是摇摇晃晃地退开去，手臂还好生生地长在肩膀上，并能弯曲自如？

倒在鸦怀里的银瞳不明所以，焦急地对鸦道："这老喇嘛不是好人，

快用你那旋涡风洞把他吹走吧！我没事，稍微休息一下就能缓过来。"

鸦点了点头，把银瞳移交给天乘扶着，他站起身来，举起右手朝向天空默默念动咒语。但过了良久良久，空气流动如常，黑色旋涡始终没有出现。鸦吃惊地看着自己巨灵神般的大掌，不明白到底是怎么回事。

正在鸦万分困惑之时，从纷乱奔逃的村民中间慢慢走出一个浑身包扎着白色绷带、鬼祟猥琐的男子，走到达玛法王身边，阴森森地冷笑着。银瞳瞪大了眼睛，吃惊道："……劳云兔……你……"

劳云兔仰天大笑，几乎笑得要摔倒在地上："厉鬼呀厉鬼，你也有今天！"

鸦沉声道："你是什么人？"

劳云兔收住了笑声，阴沉道："我们崂山天虎门几乎全都折损在你这厉鬼手里，你居然还问我是谁。不过，今天是你最后一次问我是谁了。因为今天是我除掉你这个贻害人间的厉鬼的辉煌的一天。从今以后，世间将永远传唱我的故事，名垂千古、流芳万代的是我的名字——劳云兔真人、劳云兔大师、劳云兔上仙、劳云兔尊者、劳云兔大神……六道之中再也没有你的存在……哇哈哈哈哈……"

达玛法王皱眉道："废话说完没有，滚一边去。"

劳云兔被达玛法王骂了，瘪起嘴角，很不开心，却又不敢顶嘴反驳，低声道："还没说完。"随即双手叉腰，得意扬扬地朝鸦一抬下巴："厉鬼，你奶奶的中了我天虎门千年以来苦心研制的除妖法宝'天蚕囊'的捆绑咒后，每使用一次法术，你就会消耗掉自身体内一大半的真元之气，使用第二次，再消散掉剩余真气中的一大半。如此递减法，无论你之前的妖力是多么雄厚也没用，越施法术就流失得越快。运用神通等于是在作茧自缚，一次一次把自己捆绑得越来越紧。你很快就会变得同凡人一样孱弱！哇哈哈哈哈……"

达玛法王怒道："你要不要笑得这么卑劣？我浑身都起鸡皮疙瘩了。妈的，滚开，离我远点！"

"啊，还不要啦。他现在还有些法力，我得站在你身边，免得被他伤到。我们天虎门可就剩下我一根独苗了，我还没收弟子呢。可不能让'天蚕囊'成为人类史上的绝唱……"劳云兔低眉顺眼地嬉笑道。

鸦看了看自己摊开的手掌，凝神屏息在体内运转周天，果然发现绝大部分真元之气都消失得无影无踪，冷哼一声，怒道："你何时在我身上安放了'天蚕囊'？！在哪里？！"

"我怎么可能有机会接近你呢？你那么警觉。"劳云兔笑得双眼眯成两条细缝，朝银瞳瞥去意味深长的亲昵的一眼，"这就要感谢银瞳仙姑了，经过我苦口婆心地劝告，她终于认识到了你的真面目。把'天蚕囊'佩戴在了自己和天乘姑娘身上。仙姑果然是同道中人，一点没让我们失望。银瞳仙姑，快带着天乘姑娘到我们这边来，离那个杀了几百个女子的没人性的疯狂厉鬼越远越好啊——"

达玛法王在一边双掌合十，念了声佛号，朗声道："仙姑，从何处来，就往何处去。六道众生，天、人、鬼历来殊途，请不要再执迷不悟了。请跟我走吧！"

银瞳气得浑身发抖，她怎么也没想到软弱可欺、样貌猥琐的劳云兔竟然如此用心险恶，同达玛法王暗中勾结，一箭双雕。她原可以破口大骂，把他们俩骂得狗血喷头。但此刻却气结得说不出一句话来。心里想着，我不能走。鸦也不能走。我们一走，天乘的命运不知道会怎样。这

些白痴胆小的凡人在那些用心险恶的奸人教唆下，也许会把她当作妖女处死。鸦……还有鸦。银瞳不敢看夜叉鸦，内心的质疑和羞愧混作一团。一路同行那么久，自己竟然成了他对头的帮凶。他一定很恨自己。

鸦沉声问："银瞳，下元节那夜，你没有留在船上，而是偷偷跟着我去了草甸，是么？"

银瞳鼓起勇气，抬起头来望向鸦："……是的。我看到你从檀木箱里捞出几百具女子的骸骨！"

一边的天乘发出一声惊呼，用袖口掩住了自己的口，乌溜溜的双眸一会儿看向银瞳，一会儿又看向鸦。

银瞳咬了咬自己的唇，神情痛苦地道："鸦，我就问你两个问题，你一定要回答我，那几百个凡间女子是不是你杀的？你守候天乘，一路护送她北上成亲，又陪伴她返回故里，是不是等候时机要取她性命？"

天乘拼命摇头道："不，鸦大叔决计不是这样的人……不是这样的凶神恶煞。银瞳哥……不会的。"

鸦顶天立地、岿然不动地矗立着，如同世界尽头一块孤零零的岩石，眼睛里映现出千万年来苍茫天空的颜色，凛然、骄傲、覆盖一切，俯视众生。鸦就这样看着银瞳，久久没有回答困扰她的两个问题。

寒冷感像冬天的海潮弥漫上银瞳的心头，冰凉、刺痛。有个锋利的声音针一般在戳她的心扉：为什么他不肯回答？只除非是真的……他真的是杀害数百个凡间女子、以尸骸修炼密法的厉鬼。他从没爱过天乘，从没爱过任何人，那些缠绵悱恻的眼神全是我一厢情愿的错觉。那只是他看着猎物时的眼神！夜叉终究是夜叉，是食人精气魂魄的恶鬼！

"仙姑，休要执迷了，跟我走吧，你的族人在等着你！"随着当头一声断喝，达玛法王身形快如闪电、飘忽如同鬼魅般地移动了过来，搀扶着银瞳的天乘压根还没来得及察觉，达玛法王伸出的鹰爪般的五指，已经抓向了银瞳的颈椎要害之处。

突然半路里猛然横插进一条铁石般的手臂来，当胸一拳重击得达玛法王连连倒退三步，整个胸口都凹陷下去。达玛法王勉强站定了脚跟，双手从腹部到胸前平举平落三次,运息三次动用法力才让胸膛恢复原状。达玛法王用阴鸷的目光盯视夜叉鸦："……你都已经自身难保了，还要动用法力？须记得，每运用一次真元之气，就会被那天残门的老虎卷吞吃掉一大半力量……"

"……是天虎门的'天蚕囊'……"远处小心翼翼躲开战场的劳云兔举起手，弱弱地纠正道。

鸦用他庞然的身躯挡在银瞳和天乘身前，漆黑得深不见底的眼眸牢牢注视着达玛法王，严加防范他的一举一动。他没有回头，却沉声对身后的银瞳道："我记得你说过，有人要抓你回去天界同帝释天之子成亲。你很不喜欢这门亲事，所以逃到了人界。你也好，天乘也好。我不会让任何人逼迫你们去做不情愿的事。放心，我绝对不会让这老喇嘛把你带走。"

银瞳怔怔地抬起头来，望着浓重暮色中鸦宽阔得如同山岳般的背影，眼眶中噙满晶亮的热泪，颤声道："……你……为什么？我怀疑你，我不相信你，我同外人联手害得你现在法力全失，你为什么……还要这样

保护我？为什么？！你知不知道你这样只会让我更加难受？我……"银瞳伸手到自己脖颈处，用力扯断"天蚕囊"远远地丢了出去，又对天乘说，"好妹妹，快把你脖子里的那个锦囊丢掉！"

"哼，时日已久，捆缚咒既成，现在就算把'天蚕囊'丢到天涯海角去也来不及了。"劳云兔说。

鸦轻轻举起右臂，数条小蛇从他袖笼中飞出，朝藏头露尾躲在大柳树背后的劳云兔激射而去。小蛇紧紧缠绕在劳云兔脖颈上，张开大口对着他的脸狠狠咬下去。只听得劳云兔发出凄惨的尖叫，疯狂地扭动身体，没头苍蝇般奔逃，但还没跑出几步路，就浑身僵硬、直挺挺地倒在了尘土之中。

银瞳急了，一把拽住鸦后脊背的衣衫问："他死了吗？不能让他死，要问他如何才能解开'天蚕囊'的捆缚咒啊！"

"没死。只是让他暂时昏睡而已——"鸦话音未落，就见达玛法王姿势不变，身影鬼怪般飞速移至横卧在地上的劳云兔身边，双手交错，数道微光闪起，就见劳云兔整个人瞬间被分成了十数截，连带着盘绕在他身上的小蛇也都身首异处，地上顿时洒满鲜血。

天乘害怕地捂住了自己的眼睛。银瞳又是愤怒又是惊讶地大喊出声："他杀人灭口！那些小蛇也……"

达玛法王面对鸦愤恨的逼视，轻蔑冷笑："哼，那个多嘴饶舌的家伙，连喘气都叫人厌烦。干脆杀了干净。我要借用仙姑换取三世修业，你却一再阻拦，既以为敌，不得已，切切不可让你恢复法力。"

鸦身上的长袍像灌满了风一般鼓胀起，紧握的双拳捏得格格响，他仰天长啸，眼睛里喷吐出黑色烟雾，迅速包裹住鸦的全身，当烟雾散尽时，鸦再度恢复了满头莽草般乱发、褴褛肮脏的大斗篷覆身、脖子肩膀手臂上遍布毒蛇的悍然怪人形象。

银瞳早就知道这是夜叉鸦的真面目，天乘却大大地吓了一跳。就在这短短一个时辰里，先是她自己被人冤枉做妖怪，随后看见狗血变成红龙满空飞翔，接着又见近在咫尺的"银瞳哥哥"被喇嘛打伤后变成"银瞳姐姐"，再加上鸦此时浑身披挂毒蛇的恐怖模样……也不知道是哪里来的勇气支撑着她没有晕倒。

达玛法王冷哼一声，双手合十念动真经，霎时间，他的身形由一化十、由十化百，满场间出现了上百个头戴镶金边黑帽，黑法衣外斜披黄袈裟的达玛法王，齐声唱念经文，形成水泄不通的金刚伏魔包围圈，朝核心中的鸦、银瞳和天乘三人步步紧逼过来。

到处都是炫目的金光，满地都卷起飓风，强大的风压和飞沙走石令鸦、银瞳和天乘睁不开眼，满耳的梵音令人头痛欲裂。银瞳伸手护揽住天乘，鸦暴喝一声，拼起最后的真元之气朝前方几个达玛法王冲去，意图冲开一个缺口，但却像撞到一堵隐形的高墙般砰然跌倒在地，大地都为之震颤。

"你没用了，现在的你，已同凡人无异，只徒有一身蛮劲，哪里是我的对手！我佛慈悲，干脆让我来超度你这个厉鬼吧……"百多个达玛法王异口同声狞笑着，高高擎起了手中的佛珠。

银瞳和天乘紧紧抱住了鸦，眼神交汇间已经心意了然，假若真的逃不过这一劫，就在这里一起获得一个了断。但消亡在这恶僧手下，实在心有不甘。可无论是银瞳还是鸦，都已经没有力量同他对抗。

突然从半空里轰然坠落下一个黑影来，以雷霆万钧之力冲破了达玛法王的金刚伏魔圈，击碎了顶部的十数个达玛法王的分身叠影，坠落在鸦、银瞳和天乘面前。定睛细看时，才赫然发现那从天而降的物体竟然是一个巨大无比、铁锈斑斑的锚！而且锚的底部还拴着一条粗大的锁链，锁链笔直向上地延伸向夜空！

鸦和银瞳的视线顺着锁链一路上移，抬头望向漆黑一片的天空，却什么都看不见。但听见有人哼唱着缥缈不定的船歌，歌声昂扬豪迈，随着呼啸的风声越来越响亮，歌者顺着锁链飞快滑落下来，"嗵"的一声站定在铁锚之上，朝鸦伸出手来："恩人大师，不要犹豫，请快随我上船。"

鸦一愣，银瞳却鼓起掌来："怎么？你是翠玉楼里的斗笠客——虚空夜叉猛光啊！"

那夜叉点头微笑："仙子好记性，正是在下。知道恩人大师有难，我等怎能袖手旁观？快上船吧。"

数月前，银瞳带着天乘在小镇酒楼翠玉楼内吃饭，偶遇七扇门里的公人追捕来到人界做宝石交易的妖怪盗贼。装扮成斗笠客人的妖怪盗贼掉入陷阱难以逃脱，同在酒楼内的银瞳和天乘也被困在结界之内，危急关头，幸亏鸦循迹前来，一举冲破了结界，打翻了七扇门里的公人，才让斗笠客们全身而退。那为首的一人自报山门是"虚空夜叉，啸聚千多人众，在苍洱云海间打劫因陀罗商船。大首领名叫黑天，以下还有兄弟四人——坚战、怖军、难敌和猛光。在下便是猛光"。他诚意请教鸦的姓名来历,鸦却傲然地置之不理,转身就走,当时猛光失望至极,银瞳也不知安慰他什么才好。本以为再无后缘,没想到此刻危难之际,这些盗贼竟然如此有道义地跑来鼎力相助。

银瞳绝不犹豫,立即托着天乘让她先攀上铁锚,返身又朝鸦伸出手,知道他向来心高气傲,从来只肯救助别人,却不愿意接受他人帮助,于是凝望着他,柔声道:"鸦,我们一起再坐一次船好吗?"

鸦沉默了片刻,终于把大竹篓背负在身后,伸手握住了银瞳和猛光的手,一同登上了铁锚。

铁锚和锁链周围都有强大的法力域,达玛法王一时攻入不得。眼见到了口边的猎物即将飞走,达玛法王十分气急,越发催动法力,一边修复自己的金刚伏魔圈,一边朝妖怪盗贼的法力域内蚕食侵入。就算是天乘的肉眼,都能看见空气中有两道闪烁着微光的薄壁在互相撞击,金色的是达玛法王的金刚伏魔圈,青蓝色的是妖怪盗贼的法力域。达玛法王出尽全力,法力域表面起先是出现一个个的小气泡,随后气泡的数目越来越多,连接起来的面积越来越大,金色薄壁逐渐侵蚀开来,空气里发出轻微的"噼啪"声。

此时银瞳、鸦和天乘三人都已经登上了铁锚,猛光嘱咐他们牢牢抓住锁链,笑道:"这老贼秃倒还有些狗伎俩。好了,我们这就要往上登船,我干脆收走域,然后结果了老贼秃的性命,叫他就此了账,也别记挂什么三世修为了。仙子觉得如何?"

银瞳想了想,对猛光道:"叫我银瞳吧。猛光小哥,休为这样的恶人造业。我们还是走吧。"

"好!我们不去理会他。"猛光笑嘻嘻地朝银瞳和鸦瞧了两眼,伸

出两指塞入口中，仰起头对着空中吹响了一声响亮的唿哨，锁链猛然绷紧，仿佛是半空里有人在大力绞紧索盘，直插在地上的巨大铁锚被拔了出来，挟裹着呼啸的风声飞速朝空中升去。银瞳和鸦不约而同伸手护住天乘，谨防她掉落。

低头望下去，能看见百多个达玛法王分身铸就的金刚伏魔圈如同一个巨大的、倒扣着的金碗，而铁锚和锁链连着的青蓝色的法力域则像一柄正从碗底部抽拔出来的利剑，直直地退身而去。结界和法力域的边缘切齿相交，摩擦出金石刀剑彼此磨砺的刺耳声音，叫人听得整个牙帮子都酸起来。达玛法王真身站在结界中央，仰头望着天空，愤恨异常地挥舞着手中的佛珠，满脸都是疯狂扭曲的表情。他还大张着口，不知是在念诵咒文，还是在咒骂这从天而降、横插援手的妖怪盗贼。反正银瞳、鸦和天乘是听不到了。

起先天乘害怕得不敢睁眼，但感觉到鸦和银瞳两只一大一小火热温暖的手掌护着自己背心，她也终于鼓起勇气微微睁开眼向下望去。但见脚下的大地犹如一幅向四面八方不断延展开的画卷，在黑暗底色上缀着星星点点的亮光，那些是从村舍农户家门窗里透出的油灯昏黄光芒，还有点燃着的火把和灯笼的红光。秀水庄迅速缩小了，湮没在沉沉夜色之中，遥不可见。黑暗中继续俯瞰大地，隐隐约约可以看见绵延横亘的田野、蜿蜒流淌的河流、静静的湖泊和峰状起伏的丘陵山坡。很快地，这些也都被缥缈的云雾所遮掩了。

天乘却还久久地凝视着秀水庄所在的方向，怔怔地出神。

银瞳轻声对她说："这不是永别。我们只是暂时离开，很快就会回去。我向你保证。"

天乘看着银瞳，轻轻点了点头："银瞳哥……不，银瞳姐姐……我们这是要去哪里？"

银瞳看天乘神情怯弱，心中一酸，有些愧意地微笑道："我也不知道。去天上吧。对不起，天乘，这么多时日以来，我都变化成男子骗你。我是天龙八部中的乾闼婆族，族人都以烛火烟香、天地云雾气泽和自然泥土植物的气味为食，只有我独爱女子身上的芬芳香味，游荡在人界的这些日子里，专门化身成年轻男子来接近女子。你身上的味道是我最最钟爱的，赐给我很多力量。对不起，天乘，我欺骗了你的感情……"

"……人界有很多像银瞳姐姐你、鸦大叔、猛光小哥这样的神灵吗？"天乘红着脸，岔开话题问。

"应该不是很多。所谓六道殊途，越界的行为是被严厉禁止的。但总有人会勇敢尝试去冒险。"

天乘抱紧锁链，乌溜溜的眼睛看着近在咫尺的银瞳："先前听鸦大叔说，有人要抓你回去天界同帝释天之子成亲，你很不喜欢这门亲事，所以逃到了人界？"

"没错。那是我不喜欢的人，就算是冒着被抓住、判下越界重罪并处罚的风险，我也决计不会忍气吞声地答应这门亲事，低眉顺眼地去嫁给他！"银瞳嘿嘿笑道。此时距离大地更远，云雾都已退散，明亮的月光和星光映照着她的眼眸，如同黑宝石般闪闪发光。

"那银瞳姐姐有喜欢的人吗？"天乘好奇地问，"是为了找到那个人所以来到人界吗？"

听到这样的问话，银瞳不自觉地把目光投向了天乘身后傲然挺立着的鸦。忧愁的神情在她眼中一掠而过，她又对着天乘微笑起来，小声说：

"找到一个喜欢你的人是一件很不容易的事情。若要找到一个既深爱你，你也深爱他的人，更是难如上青天。就算我是天人，在漫长的一生中也未必能获得这样的福分。"

"但我们现在不就已经上青天了吗？"天乘朝银瞳甜美一笑。

高空本来十分寒冷，身为夜叉一族的鸦和猛光和乾闼婆族的银瞳并不惧寒冷，但为了保护凡人天乘，猛光还是保留了一部分法力域为她保持体温。铁锚再上升一段距离后，就看见暗红色的太阳正从大地东方尽头处缓缓升起，表面的万丈金芒如同群蛇般狂舞，把周围沉睡了一整夜的紫蓝色海水都渲染成了金红色，蔚为壮观。天乘目不转睛地望着眼前这美轮美奂的极致景色，惊讶到连赞叹的话语都说不出来。

"等你到了我们的船上，只要愿意，每时每刻都可以看见这样的景色，一点不希奇，只怕你会腻。"猛光笑道，"准备好哦，我们就要到了。"随着猛光的提醒声，银瞳、鸦和天乘三人仰头朝上方望去。只见星子稀疏的暗紫色苍穹之下隐现出一个庞然大物的模糊轮廓。随着金色日光如同潮水般不断升高，照耀上了那庞然阴影的底部，渐渐勾勒出它鱼一般的椭圆外形，那分明是一艘前所未见的超级巨轮。

这艘巨轮稳稳地悬浮在空中，犹如漂浮在海面上的一座岛屿。

"天哪……银瞳姐姐，这是什么神奇的法术啊？"天乘又惊又赞地问。

　　"他们是虚空夜叉，在空中飞行的本事一点不在我们香神乾闼婆之下。所谓海市蜃楼、空中楼阁对他们来说，也不过是最寻常的事物。"银瞳回答，但内心也不由暗暗赞叹虚空夜叉的高强法力。

　　铁索快要收到尽头，船底开启了一扇门，放下看似木头制作的阶梯。猛光纵身跳到阶梯上，回身朝天乘伸出手来，他已经看出这个柔柔弱弱的凡间女子是恩人大师和那乾闼婆族人最为关切的人："小心脚下。"

　　进入船腹后，出现在眼前的是一条仅可供两人并肩通行的狭窄小道，银瞳心想，鸦要走动起来可费劲了。但没想到，当鸦一进入通道后，那小道竟然立时就变得宽阔起来，围绕着鸦附近的路径无论横宽还是竖高都同天乘、银瞳和猛光所站立的位置的通道尺寸完全不同，不仅鸦可挺胸抬头站立，连他背上背负着的大竹篓也一点没有擦着碰着。

　　天乘忍不住伸手去触碰那通道两边的板壁，触手之处仍是硬硬的，感觉就同人界的檀木、楠木相似，看不出一点异样。她和银瞳朝前方走，鸦紧随其后，通道就随着每人的不同体形或收缩或扩张变化。

　　"这艘船是活的吗？"天乘小心翼翼地问，一边像抚摸动物皮毛般将了将板壁。

　　猛光哈哈大笑起来："这人界小妹妹果然天真可爱。难怪你们一直伴随她左右。小妹妹，我告诉你哦，它岂止是活的，简直是可以通灵的。"猛光伸手拍拍船板壁道，"它的名字叫做'狼腹'，此刻我们就在'狼腹'的腹中。对我虚空夜叉黑天一系来说，'狼腹'是我们的母亲，是我们的父亲，是兄弟、朋友、伙伴、战友。它是全世界最安全、最坚不可摧的所在！"听到了主人的赞美，通道里一路的板壁后发出有节奏的

敲击声，仿佛激昂的鼓声，那是"狼腹"发出的得意回应。如此通灵的船只真叫人匪夷所思，银瞳和天乘毫不怀疑，只要"狼腹"愿意，它甚至可以跳出令人屏息的舞蹈来。

银瞳、鸦和天乘跟着猛光走到通道尽头，"狼腹"变化出一条螺旋上升的木梯，拾级而上，就看见头顶一个圆孔越来越近，越来越大，里面映满了碎钻般的星光，乃是一个从船腹通向外部的出口。走出去后，呈现在眼前的是极为宽阔的甲板，站在船头望不见船尾，只见参天的巨大桅杆树林般矗立着，黑色旗帜在旭日的阳光中泛着绸一般的光泽。站在船上，往东方看，炽烈的金阳正在缓缓升起，往西天看，一轮白到透明的弦月正渐渐下降，终将要隐没在越来越明亮的晴空天色之中。头顶上方漫天的星子也随着日光的蔓延而隐没。"狼腹"正处在黑夜和白日交界的中心线上，瑰丽景象令人永生难忘。

甲板上整整齐齐站着数以百计的人，排列成四个方阵，鸦雀无声地静候银瞳、鸦和天乘的到来，显然船上纪律十分严明。站在前排的是四名同猛光体格装扮相仿的壮汉。

为首一人肤色黑如煤炭，一双夹杂着金丝的紫色眼睛炯炯有神，眉目英武大气，笑声清脆爽朗如同山麓间的晨风。他朝银瞳、鸦和天乘抱拳道："在下黑天，有失远迎。对好朋友不敢隐瞒，我们并非正道中人，而是专门抢劫因陀罗族商船的盗贼。但对好朋友的敬仰之心却丝毫不输所谓正道中人。诸位来到我船上，是为尊贵上宾，如蒙停留，荣幸之至。"

银瞳笑道："好呀，你们专事打劫因陀罗商船，我也最烦那些假模假式、总以为自己高众生一等的因陀罗族人，好，好，我们是同道。多谢你们相救。我的名字是银瞳，隶属乾闼婆族。"

银瞳身后的天乘羞怯怯地探出脸来，扑闪着大眼睛小声道："我是天乘，秀水庄的。黑大哥，这条船好棒。多谢诸位哥哥在危急关头救了我们。"

鸦却只是向众人略点一点头，沉默未语。

"五弟，哪一位是救过你的恩人？"同为魔神族，黑天知道外形绝对不是判定一个人法力高下强弱的标准，很有可能一个牙牙学语的三岁稚儿都是能口吞乾坤的先师。

猛光转过身，恭恭敬敬地对鸦作了一揖道："恩人大师，请让我来介绍，这一位是'狼腹'号的船主，我们的首领大哥——黑天。他身后的三位是我三位兄长——坚战、怖军和难敌，分别是二当家、三当家和四当家。我是小五，我们五人都是一母同胞的兄弟手足。其他船员是一起出生入死的好伙伴，虽然不是一脉相承，却都同属虚空夜叉一族，且志向相同，众人一心，干的是抛头颅洒热血的买卖，最是豪迈重义，情分与同胞兄弟无异。为兄弟，就算上刀山下火海也在所不辞。恩人大师救了我们，此情没齿难忘，能邀请恩人大师来到'狼腹'船上，实属莫大荣光。现在可否方便告知您的姓名？假若实在不便的话……"

鸦见他们如此诚挚，盛情难辞，遂点头坦然道："我也是夜叉族，名字是鸦。多谢诸位援手。"

黑天愣了一下，神色有变，越发凝重肃穆，当即率领众兄弟船员向鸦行礼："拜见鸦大师。"

鸦摇头道："我为人界一名小小的奸贼所害，仅区区一枚'天蚕囊'就令我法力全失，若没有猛光和诸位兄弟援手，只怕早已连累了银瞳和天乘。哪里还称得上什么大师。"

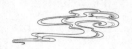

银瞳惭愧不已，低声道："……都是我不好，听信奸人所言……"

黑天和颜悦色道："鸦大师、银瞳仙子，请勿烦恼。六道之间因缘纠葛极为复杂，多有极弱之物反克极强之物的时候。想我五弟纵横云海间，云里来雾里去，没人能比得过他那矫捷的身手，却在人界一间小小酒馆里被一些喇嘛的金刚伏魔圈和七扇门寻常捕头所困，差点儿回不到'狼腹'号上。实在是一番劫数。大师此刻的厄难，只要我们用心思索求解方法，一旦解困，他日就只是拿来讲述给后辈小子们听的一个曲折故事啦。大师切勿烦恼，且入舱安顿下，我们一起慢慢求解。"

鸦点了点头。银瞳却还是放不下心中愧疚，讪讪道："……但那奸人被恶喇嘛所杀，已经问不出如何破解'天蚕囊'束缚咒的方法了……如果鸦再也恢复不了法力，我……我……"说到这里，银瞳的双颊涨得绯红，泪珠也在眼眶中滚来滚去。一边的天乘见状，悄悄伸手握住了银瞳的手以示安慰，却发现她的手指冰凉，微微颤抖。天乘不由心道：原来，银瞳姐姐这么在乎鸦大叔啊……

"死了……死人都会去亡者之城，在那里裁定生前功过，得善报者进入天道，造恶业者不是堕入畜生道、饿鬼道就是地狱道。如果可以去到亡者之城，找出那奸人的下落就好了。"黑天沉吟道。

鸦抬起头来："我知道有一个人可自由来去亡者之城。但我已经有很久没有去见她了。"

“狼腹”扯起满满的帆，按鸦所指的方向，背朝太阳，直驶向西方黑暗境地。

　　“方位是魁八宫、破军星和斗阵星之后……那个方向，难道不是‘星云墓’的所在地么？那是所有航船的禁入区啊。我们当真要往那里去么？”主桅杆高处瞭望台里的一名虚空夜叉对身边的同伴道，“我宁可直接驶入因陀罗族的善见城，也不想去那见鬼的‘星云墓’。”

　　“瞧你那胆小鬼模样。”他的同伴嘲笑道，“‘星云墓’的确是所有航船的禁入区，但我们驾驶的不是航船，而是‘狼腹’！我想黑天老大他们，其实也很想看看‘星云墓’深处到底有些什么吧……”

　　两名船员举目远眺，红日在他们背后不断下沉，“狼腹”全速朝着黑暗不可知的区域前进，头顶的银河如同一条瀑布悬挂而下。他们脸上浮现着复杂的表情，既有恐惧迟疑，也有兴奋和期待。传说中可怕的“星云墓”究竟是个怎样的地方呢？

　　“等到了魁八宫外道，就请给我一艘小船，让我一人孤身前往‘星云墓’，绝不能为了我的事而让你们整船人跟着一起冒险。”舱室内，鸦肃然地对黑天、坚战、怖军、难敌和猛光道。

　　“鸦大师见外了。我们从来都不把什么禁入区放在眼里。绝对没有‘狼腹’不能去的地方。”黑天道。

　　鸦面对船主的热血豪迈，不愿再强拂人意，点了点头，“我去船头看一下。”

高高昂起的船艏处，银瞳和天乘正凭栏瞭望广阔无垠的虚空。"狼腹"似乎十分体贴天乘，在她所站立的地方特别变化出了防护板和可供她抓握的把手，小心翼翼地保护她站得稳当。

在这虚空里，分不清哪里是上，哪里是下。她们本来以为太阳升起的就是东方，太阳落下的就是西方，但当"狼腹"以极速背离着初升的太阳而去之时，就连东西方向也都变得混淆不清了。随着越来越进入黑暗的腹地，四面八方的星辰就越是明亮耀眼。明明每一颗都十分遥远，但却又那么清晰可辨。它们有各种颜色，如同银瞳携带着的宝石，闪烁着魅惑人的琉璃光芒。

"银瞳姐姐，到了'星云墓'，就能让鸦大叔恢复法力吗？"天乘问。

"嗯，哪怕要我去亡者之城，我也要找出让鸦恢复法力的方法。"银瞳眼望最黑暗的地方，坚定道。

天乘想了想道："就算是做凡人，也很好啊。银瞳姐姐是过于自责了吧。不要太难过了啦。"

"不是的。"银瞳叹了口气，看着天乘微笑道，"我希望鸦永远都是他一贯的样子，哪怕孤傲也好、臭脾气也好、野蛮也好、肮脏不修边幅也好……只要是他自己最喜欢、最习惯的样子，无论什么样都好。法力也是其中很重要的一部分。那些都是他游荡于天地间的真实面目，已经几千年了。如果剥夺了他这些东西，鸦一定很不习惯，很不快乐。他也曾为我们而改头换面，装扮成英俊青年的模样，但我知道，他最喜欢的还是发如芒草、衣衫褴褛地同群蛇相伴，出没于荒无人烟的山林野地间，自由自在……但也孤独寂寞……"

天乘滴溜溜的眼睛凝视着银瞳，微笑道："银瞳姐姐，你是不是很喜欢鸦大叔？鸦大叔是魔神，你是神仙，不像我们凡人生命短暂。你们可以永远在一起，直到地老天荒啊。这样的话，他就不寂寞了，你也不必嫁给不喜欢的人啦。"

银瞳看了看天乘天真无邪的脸，摇了一下头："可他喜欢的人却不是我。"

"那是谁呢？"天乘鼓着腮帮子转动眼珠，费劲猜测，"另一位夜叉姐姐么？"

"鸦他喜欢的人——"银瞳看着天乘，终于没有勇气说出来，转而问道，"天乘有喜欢的人吗？"

"以前是宋皓然哥哥，后来是你……"天乘红着脸低下头去，"我以后再也不要喜欢什么人啦。"

"为什么呢？"银瞳也有些尴尬，只能装作没听清楚她说"后来是你"的样子，反问道。

"因为如果你喜欢一个人，但发现他并不是你以为的样子，或者你很喜欢他，但他喜欢的却是别人……那种心痛的感觉，仿佛整个胸膛都要裂开来似的……"

真是那样啊。银瞳低头默默想。但是别无他法。只有独自品尝这苦涩的滋味，面对她时依然笑靥如花。

突然，栏杆附近的板壁发出激烈紧张的敲击声，同时，身后远处桅杆上的瞭望台上也响起了警笛声。

正同黑天一起走向船头的鸦环顾四周，发现"狼腹"正在作调整变形，不解地问："怎么了？"

"有敌人正在接近。'狼腹'已经嗅到他们的气味了。"黑天纵身

跃起腾飞向瞭望台，展目远望。在船尾的方向，隐约可见许多密集的光点。那不是满天的繁星，因为它们正在不断变大，显然是直追"狼腹"而来。再过了一会儿，就能清晰辨认出它们的外形了，那是因陀罗族的战舰联队。象征天朝的红色日月星辰旗帜猎猎飞扬。

"怎么办？敌人过来的速度比我们更快！冲我们来的。"瞭望员有些惊慌地问黑天，因为这是头一次遭遇如此大规模的因陀罗族战舰队，"用不了多久就会追上来，而且敌人的数目太多了。"

黑天不答话，飞身落向船头，看到鸦正守护在天乘和银瞳身边，只要有危急的状况出现，他就始终以守护她们为己任，浑然忘记自己此刻法力全失，已同一个凡人无异。黑天急问鸦："大师，请问前往'星云墓'还有多少路程？"

鸦看了看前后左右的星辰位置，道："不远了，照目前的速度，大概还有小半个时辰。"

"小半个时辰？那可不行。因陀罗族正有大批敌舰驶来——"黑天一句话还未说完，只见船尾之后的远处爆发出一连串刺目白光，"狼腹"也察觉到敌人的炮火袭来，迅速飞升躲避，同时也予以还击，虽然逃过了袭击，但整条巨轮颠簸摇晃得厉害，几乎快要把人从甲板上甩出去。

"黑天，这附近没有任何可供暂避的港湾，只有冒险，全员进入'星云墓'。"鸦沉着提议。

黑天看了鸦的眼睛片刻，朗声道："好！大师，我们分散开，进入'星云墓'分头作战，稍后再汇合。"

银瞳和天乘都愣道："你是要放弃这条大船么？"

"怎么可能？"黑天"嘿嘿"一笑，转身命令，"坚战，你带领二百小船从左翼进入'星云墓'设埋伏圈。怖军带领三百小船从右翼进入'星云墓'往前方布阵。难敌、猛光分别率两百小船向后包抄，我率一百小船作为诱饵。另外安排三名法力高强的船员乘小船分别保护大师、仙子和天乘。"

鸦对黑天道："黑天，请告诉每一个驾驶小船的人，谨记要看云有没有根。有根的云是可以穿行的。还有，不要去碰触任何星子的尸骸。"

黑天一时不能理解这话是什么意思，但他笑道："好，每一条小船都会牢记大师的嘱咐。狼腹，出发！"

随着黑天的一声令下，"狼腹"突然剧烈颤动起来，甲板、护栏板壁、船舱外壳……每一块木板都正在分崩离析，连十多根高耸的桅杆也纷纷折断下来，船帆如同卷轴画布一般卷起。

天乘目瞪口呆。银瞳抓住猛光大喊："怎么回事？我们被该死的因陀罗狗族击中了吗？要坠落了吗？！"

猛光笑着安抚惊慌失措的银瞳和天乘："切勿紧张，'狼腹'只是在解体，它要从一头狼化身成一支庞大的狼群，由一条母船分化为一千条小船。每条船可乘坐一至二人，速度比闪电更快，比穿云雀更灵活。"

说话间，那些分离出来的木板、缆绳、铜铁已经自行组合成一艘艘弯月形的小船，众人只需站在原地不动，往后坐下就是船舱。不过片刻

之间，巨轮"狼腹"已经自我分解成一千艘快舰，自动分列数个战队，紧跟五位首领。在分解过程中，"狼腹"也没有片刻停顿，依然朝着"星云墓"的方向飞速驶去。

对身后正在紧紧追踪的因陀罗族敌舰来说，一定也十分讶异，眼前一个偌大的猎物竟然凭空就消失了。殊不知，正因"狼腹"所具有的这番奇异法力，不知道多少次从追捕者的眼皮子底下遁形得无影无踪。

鸦、银瞳和天乘所分别乘坐的三条小船上还各有一名经验丰富、法力高强的虚空夜叉船员作为护卫，他们被编入怖军所率领的布阵船队，以光电般的速度向"星云墓"的右翼进发。

身后的因陀罗族舰队虽然吃惊，但并没有放弃追击，依然出全力逼近过来。

不一会儿，前方出现了点点棉絮状的云团，传说中的航船禁区。怖军打头的战队即将进入"星云墓"。

鸦再一次大声警告："切记！一、有根的云可以穿行；二、不要去碰触任何星子的尸骸。"他吩咐船夫冲锋在前，第一个飞入墓区。

这"星云墓"就如同天空中俯瞰所见的壮阔云海，各种云团汇聚成千奇百怪的形状，有的像山峦，有的像动物，有的像人脸，有的像妖怪或是任何稀奇古怪的东西。一千艘"狼腹"小船都牢记鸦的告示，在极速飞驰的同时也注意观测那些云团有没有"根"。所谓的"云根"是一根时隐时现的细线。有根的云团就是一团凝聚起来的雾气，船只可以从中穿行而过。而没有根的云团虽然外观也是绵软棉絮般的雾气，但只有撞上去之后才会发现，它竟然坚硬得如同岩石，足以让任何自投罗网的船只粉身碎骨。

"狼腹"小船大都安然无恙，但追逐着进入墓区的因陀罗族的庞大战舰联队却受到了重创。很多船舰撞毁在无根的云团表面。即便有一些穿行入有根云团的船舰，却因不知道避开那些闪闪发光的幽魂般的星子的尸骸而被爆燃炸飞。

终于，战斗的声音渐渐平息下去，"星云墓"再度恢复了静谧。

在墓区深处，鸦、银瞳和天乘三人所乘坐的小船聚集在了一起，鸦指引着方向，带领着她们放缓了速度并肩而行，向目的地驶去。望着四面八方诡异万分的云团，天乘问："鸦大叔，我们要去找的人是谁？他为什么会住在这古怪的地方？"

鸦眼望那些在幽暗虚空中不断变化色彩和形状的云团，沉吟道："银瞳，你在天界时，有没有听人提起过'鬼子母神'这个名字？"

银瞳在记忆中梭巡了一番，摇头道："没有。"

"'鬼子母神'的前身是上古王舍城外一名牧人之妻。时值独觉佛临世，王舍城中普天同庆大办法事，牧人妻是个虔诚的信徒，跟随五百名僧侣一同前往参加庆祝盛宴。但在途中，牧人妻腹痛小产，她央求僧侣救助她，但那些僧侣却弃她不顾而去。牧人妻十分怨恨，她以自己布施所得的功德发下恶愿，愿来生仍降生在王舍城中，食城中幼儿。后一世，她果然得偿所愿，成为夜叉神将婆乞多之女，即为'鬼子母神'。"

天乘皱眉道："哎呀，那些僧侣也太不像话了，怎么能这样对待一个小产的妇人呢？但牧人妻也不该因为这些僧侣的不义就去吃城中的幼儿呀，孩子都是无辜的啊。鸦大叔，后来呢？"

鸦笑了笑："'鬼子母神'可没有天乘你这么善良。她既生为夜叉，

又因前世功德获得神通，就当真在王舍城中窃食他人幼子。佛陀屡次劝诫她也不听。鬼子母神自己有五百个儿子，佛陀想了一个办法，他偷走了她最小的一个儿子，藏了起来。鬼子母神找不到那个儿子，急得快要发疯。佛陀开导她说，你有五百个儿子，只是其中一个不见了，你就伤心成这样，王舍城中那么多黎民百姓，不过只有几个孩子甚至只有一个独子，你还去偷来吃掉，那些做父母的是有多么痛不欲生啊。鬼子母神却说，但是五百僧侣弃我而去，在我心中造成的仇恨远远大于我对那些百姓的怜悯，我前世既已发了毒愿，此生必将吞吃五百个幼子才能偿愿，我绝对不会放弃复仇的。于是，佛陀就把她羁押在这'星云墓'深处，只有魂魄可以观望六道中诸人诸事，而她本尊若不能放下怨念，是永远都不能够从'星云墓'中出来的了。但正因为她看遍六道众生，参透各种前因后果，因而具有占卜预言之灵通，同时也能以魂魄进入亡者之城。"

"原来如此。"天乘娇笑道，"那么只要拜托她，就能找到被老喇嘛杀死的那个奇怪道人了，那么鸦大叔的法力也就能够恢复了，银瞳哥……姐姐也就不会再自责啦！"

"嗯。"鸦望着兴高采烈的天乘，自言自语道，"她的占卜，从来都十分灵验，不然，我怎么会找到你。"

羁押鬼子母神的莲花狱已经从云团中逐渐显现。天乘乘坐的小船在三条船的最末，为了看得更清楚，她忍不住站起身来，目不转睛地眺望前方那朵硕大无朋、粉雕玉琢、纵情绽放的莲花，惊叹道："好美，关押人的地方竟然也这么美——"她这句话还未讲完，就突然发出"啊——"的一声呻吟。

鸦和银瞳闻声转身时，就看见同样大惊失色的船员正手忙脚乱地去扶持正在慢慢软倒下来的天乘，而天乘胸前衣襟正有大片红色鲜血在渗出来，一支因陀罗族的白羽箭从她背后射来，刺穿了她的脊背和胸膛。

当三名虚空夜叉弯弓搭箭，射死那名飞翔在云团之中的因陀罗族士兵残部后，天乘也已经奄奄一息。

三艘"狼腹"小船紧紧靠在一起，船身发出悲戚的哀鸣声。

银瞳抱着天乘，泪流满面地大哭，射中她的是因陀罗族的神箭，没有一个凡人能够抵挡神的一箭。银瞳和鸦拼尽剩下的全部法力，也只够维持天乘最后的几口呼吸。

天乘望着眼前悲恸不已的鸦和银瞳，意识渐渐陷入迷茫，气若游丝地道："……银瞳哥哥……我喜欢你……可你……可你喜欢的不是我……但我很高兴，和你们在一起……没有一个凡人有这样的经历……银瞳姐姐，你要和你喜欢的人在一起……你要和鸦……永永远远在一起……"话音未落，天乘就此气绝。

鸦背负着大竹篓、横抱着天乘的尸身，带着银瞳进入到莲花狱。

只见硕大冰盘般的花蕊中央，一个身披黑色斗篷的黑发妇人被冻结在一个莲子孔洞之中。她那黑色斗篷的下摆，连同她的双足双腿都已经变得同莲花花蕊一般透明晶莹，但腰部以上依然是黑衣黑发，尤其是镶嵌在清瘦面庞上的那双黑色眼睛，依然不甘屈服地闪烁着仇恨怨毒的锐

光。

　　鸦放下竹篓，慢慢走近她。鬼子母神发出夜枭般尖厉的笑声，那笑声很奇怪，听久了会觉得像是在哭。鬼子母神突然止住了笑声，盯着鸦道："……你来了？这么久了，我以为你再也不会来了。"

　　"母神，你好。"鸦望着她说，"上次我来时，莲花狱的冰还只冻结到你的膝盖。隔了这些时日，你又被净化了不少。"

　　鬼子母神耸起鼻子，仿佛在拼命嗅某种气味："你帮我带来了吗？我要王舍城幼子们新鲜的血肉、香喷喷的脑髓、冒着热气的内脏和脆生生的骨骼。"

　　鸦叹了口气，摇了摇头："没有。"

　　"那你手里抱着的是什么？是王舍城的幼子么？似乎刚刚死掉，尸体还很新鲜，快拿过来给我吃！"

　　银瞳吓了一跳，上前一步护在天乘的尸身前，怒叱道："你这个吃人的怪物，死了你的心吧！"

　　鸦伸手拽回银瞳："她被佛陀羁押着，吃不了任何人，只是说说而已。你休要无礼。而且她太久一个人在这里，十分孤独，长久没人陪她讲话，我们一出现，她难免口不择言。"

　　鬼子母神的锐利视线在鸦、银瞳和天乘的尸身之间往来梭巡，突然又哭一般地大笑起来。笑毕，鬼子母神用咄咄逼人的眼睛看着银瞳道："他和你说过关于我的故事了，是么？"

　　那双眼睛犹如在毒药中浸泡过很久的箭头，令银瞳感到阴冷不适，强自挺胸大声道："是的。你是个心胸狭隘的魔神。为了前世五百僧侣一次未加援手，就把怨恨转嫁给王舍城中无辜的五百幼子。佛陀费心点化你，都不能令你幡然醒悟。所以才被囚禁在这里。"

鬼子母神冷笑道："那他有没有告诉过你，我就是他的母亲，夜叉鸦就是我五百个儿子中最小的那个？佛陀把他从我这里偷走，可惜，他还是同我一般冥顽不化。"

银瞳颇为吃惊地看了看鸦。鸦沉默不语，那就是说，鬼子母神所言是真。

"既然他说了我的故事，那我也来告诉你关于他的故事。鸦虽然为我所生，借由我腹所出，但这仅是这一世的短暂肉身而已。我只是一扇门，容他从此通行而过，等他找到想要找的人，就会得到解脱。你可知道，除了造物主神梵天和维持秩序之神毗湿奴以外，还有一尊最具法力、最强大的神是谁？"

银瞳喃喃道："万蛇和万兽之王、恶魔和幽魂之主、时间的本身、天地的毁灭者——鲁奈罗。"银瞳不禁暗骂自己怎么如此愚笨。当发现鸦身缠上百条小蛇、披头散发地游荡在天地间时，就该想到点因头了。

鲁奈罗出生于陷入阴郁沉思的梵天的额头，一出生就手持黑色的弓箭，不喜欢宫殿和庙宇，总是孤身一人在荒野和山岳间流浪。他每射出一支箭都会带来瘟疫、恐怖和毁灭。但当他心情好时，也会给世间带来丰饶的收获。鲁奈罗常常出没于坟场墓地，同他的追随者——幽魂、魔鬼们一同探讨关于世界尽头的问题，他们会把亡者的骨灰抹在身上，把毒蛇、骸骨挂在身上作为装饰，然后摇摆起舞。鲁奈罗善舞，但他的舞绝对不是为了让人赏心悦目。因为他跳的是毁灭之舞。当一个旧时代结束，整个宇宙都会在鲁奈罗的坦达罗舞中崩溃坍塌，沦为灰烬。然后，新时代再度诞生。

　　"为了克制住鲁奈罗的毁灭欲望，几百万个世代以前，众神想为鲁奈罗物色一个美丽的妻子。终于找到了达刹仙人的女儿，名叫萨蒂。萨蒂早就深深暗恋上了鲁奈罗，为了博得他的欢心，她苦苦修行了一万年，终于获取了鲁奈罗的尊重和喜爱，成为了他唯一的妻子。但达刹仙人很讨厌不修边幅、不尊重任何礼仪的鲁奈罗。他举办了一次庞大的庆典活动，邀请了天地间所有的神祇，就是故意漏掉了鲁奈罗。萨蒂知道后十分愤怒，冲到庆典活动上向父亲讨一个说法，希望父亲能尊重自己的丈夫。但达刹仙人当着众神的面辱骂鲁奈罗是个肮脏的疯子、出没于坟地与野鬼为伍的醉汉。萨蒂无法忍受这一切，纵身跳入祭火而死。

　　"得知爱妻亡故消息的鲁奈罗血红着双眼冲到了庆典现场，疯狂得无人可以劝阻。他杀死了在场一半的神祇，整个宇宙都陷入了极其危险的境地。后来他从祭火中抱出了亡妻焦黑的残骸，不断呼唤她醒来，陷入了一种意识迷离的状态。就这样，鲁奈罗抱着萨蒂的尸骸在三千世界里游荡了整整七千年。秩序之神毗湿奴为了阻止他继续发疯，就把萨蒂的尸骸击碎成了七百块碎片投向了人界。

　　"每一块碎片都将化身成人，在人界转世出生。鲁奈罗相信，只要集齐七百个转世者的魂魄，萨蒂就能复活重生。于是他降生在了魔道，成为我的幼子鸦。即便被佛陀偷走之后，他也从来没有忘记要寻找那些转世者。我通过占卜，告诉他在何时何地能够遇到那七百个转世者，于是，他就背着竹篓走了。"

　　银瞳望着鸦："所以你在山谷里等待天乘出现，因为你母亲告诉你她会在那里出现。所以你的竹篓里装满了女子的骸骨，因为你悄悄守候她们度完人世里的短暂一生，然后亲手把她们的尸骸埋葬在你随身携带的墓地里。所以刚才天乘被因陀罗族射杀的那一刻，你虽然愤怒悲伤，却没有丧失理智，因为你知道她也只是一个转世者，终将迎来命运的终点，而你将把所有亡者集合，唤醒她们全新的生命……鸦，天乘是第几个转世者？"

"第七百个。最后一个。"鸦抬起头，用很温柔的眼神哀伤地望着银瞳。

鬼子母神桀桀怪笑起来："鸦，你为什么还不把她的尸身放进埋葬了所有转世者的坟墓中去？你还在等待些什么呢？"

鸦点点头，轻轻横抱着死去的天乘，缓缓地把她的尸体沉向竹篓，但奇怪的事情发生了。鸦的双手都进入了竹篓，而天乘的尸体却像被什么东西阻挡住了似的无法放入。

"为什么会这样？"鸦和银瞳都愣住了。

"我看到了一切。我看到你不仅丧失法力，更丧失了明辨事物的判断力。"鬼子母神仰天大笑起来，"为情所困的鲁奈罗哟，你为了一个为你而死的女人竟然沦落到这样的境地。我的占卜告诉你在什么时间、什么地方等待那个转世者的出现。你却等错了人。"

鸦和银瞳不由对视了一眼。银瞳心跳如鼓，在那个时间、那个地方出现的人，除了天乘，就只有自己。

鸦摇头道："不对，银瞳是乾闼婆。萨蒂的尸骸碎片不是被毗湿奴全部撒向了人界么？"

"毗湿奴那个狡猾的家伙欺骗了你。六百九十九块碎片都成了人界的转世者，而最后的一块却被藏到了天界。毗湿奴压根不想让你的萨蒂复活。因为众神不希望你为了一个女子如此疯狂。他们试图让你做到'放

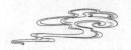

下执念'，就如同试图让我忘记怨毒仇恨，不再吃王舍城中的幼儿。鸦，如今你知道了一切，你做得到吗？你放得下吗？嘿嘿嘿嘿，鲁奈罗啊，如果你能放下执念，我也就放下我的仇恨。"

鸦凝望着银瞳，从她热泪盈眶的眼睛里看到了她对自己的满腔热爱和暗恋之情。

"乾闼婆拥有长久的生命。毁灭之神鲁奈罗啊，你等得及么？当然，你也可以杀死银瞳，完整那七百块碎片，让你的萨蒂复活。萨蒂复活的那一刻，也是你作为夜叉这一世心愿得偿的一刻。你就可以摆脱这具已经丧失法力的沉重的躯壳，重新取回真身。毁灭之神鲁奈罗，你的选择是什么？"

银瞳毫无畏惧地挺起胸膛，凝视着鸦："……我喜欢你，你杀死我吧。身为你所最深爱的妻子的七百碎片之一，我觉得十分荣耀……"说完，银瞳紧紧闭上了眼睛，等待听到鸦的双手撕裂自己躯体的声音。

但她没有听到那种声音。

鸦张开双臂，把她紧紧抱在怀中，低声说："我们带着天乘的尸骨回人界去吧。你答应过她会送她回家乡。天乘也曾说过，做一个凡人的感觉挺好。我们就这样，永远永远在一起，直到天荒地老。"

莲花狱发出碎裂的声音。鬼子母神全身都变得透明纯净，从此之后，她成为了守护产妇和婴儿的善神。

2013 年 12 月 2 日

上海

出版社／长江文艺出版社

出品／上海最世文化发展有限公司

官方网站／www.zuibook.com

平台支持／劇小说 ZUI Factor

天众龙众·夜叉

ZUI Book

CAST

作者 自由鸟

出 品 人 郭敬明

选题出品 金丽红 黎波

项目统筹 阿亮 痕痕

责任编辑 赵萌

助理编辑 孙鹤

特约编辑 卡卡

责任印制 张志杰

✳ 装帧设计 ZUI Factor www.zuifactor.com

设 计 师 楚婷

封面插画 夏无觞

内页设计 四一

2013年10-11月上海最世文化发展有限公司畅销书排行榜
| TOP25 |

排名	书名	作者
1	小时代1.0折纸时代（修订本）	郭敬明
2	17	落落 主编
3	纯禽史：爱不作会死	叶阐
4	无边世界	hansey
5	巨灵系列	乔纳森·史特劳
6	躁动的，沉寂的	玻璃洋葱
7	幻城（2008年修订版）	郭敬明
8	小时代3.0刺金时代	郭敬明
9	悲伤逆流成河（新版）	郭敬明
10	夏至未至（2010年修订版）	郭敬明
11	小时代2.0虚铜时代	郭敬明
12	这些 都是你给我的爱	安东尼 echo
13	临界·爵迹Ⅱ	郭敬明
14	临界·爵迹Ⅰ	郭敬明
15	爵迹·燃魂书	郭敬明 等
16	西决	笛安
17	告别天堂	笛安
18	下一站·法国南部	郭敬明 等
19	东霓	笛安
20	下一站·伦敦	郭敬明 等
21	南音（上）	笛安
22	剑桥简明金庸武侠史	新垣平
23	天鹅·永夜	恒殊
24	下一站·台北	郭敬明 等
25	下一站·神奈川	郭敬明 等

ZUI
Zestful Unique Ideal

图书在版编目（CIP）数据

夜叉 / 自由鸟著 .-- 武汉：长江文艺出版社，2014.1
（天众龙众）
ISBN 978-7-5354-6893-2

I.①夜… II.①自… III.①长篇小说 - 中国 - 当代 IV.① I247.5

中国版本图书馆 CIP 数据核字（2013）第 185137 号

天众龙众·夜叉

自由鸟 著

出品人 | 郭敬明	责任编辑 | 赵 萌	媒体运营 | 张银铃	装帧设计 | ZUI Factor
选题出品 | 金丽红 黎 波	助理编辑 | 孙 鹤	责任印制 | 张志杰	设 计 师 | 楚 婷
项目统筹 | 阿 亮 痕 痕	特约编辑 | 卡 卡	封面绘图 | 夏无觞	内页设计 | 四 一

出版 ｜ 长江出版传媒 ｜ 长江文艺出版社
电话 ｜ 027-87679310　　　　　　传真 ｜ 027-87679300
地址 ｜ 湖北省武汉市雄楚大街 268 号湖北出版文化城 B 座 9-11 楼　　邮编 ｜ 430070
发行 ｜ 北京长江新世纪文化传媒有限公司
电话 ｜ 010-58678881　　　　　　传真 ｜ 010-58677346
地址 ｜ 北京市朝阳区曙光西里甲 6 号时间国际大厦 A 座 1905 室　　邮编 ｜ 100028
印刷 ｜ 北京正合鼎业印刷技术有限公司
开本 ｜ 700×1000 毫米　1/16　　印张 ｜ 10.75
版次 ｜ 2014 年 1 月第 1 版　　　印次 ｜ 2014 年 1 月第 1 次印刷
字数 ｜ 150 千字
定价 ｜ 22.80 元

sina 新浪读书
book.sina.com.cn